Klabund

Borgia

Roman einer Familie

Klabund: Borgia. Roman einer Familie

Entstehungsjahr: 1927/1928. Erstdruck: Wien (Phaidon) 1928.

Neuausgabe mit einer Biographie des Autors
Herausgegeben von Karl-Maria Guth
Berlin 2017

Der Text dieser Ausgabe folgt:
Klabund: Borgia. Roman einer Familie. Mit einunddreissig
Kupfer-Tiefdrucken, Wien: Phaidon-Verlag, 1931.

Die Paginierung obiger Ausgabe wird hier als Marginalie zeilengenau
mitgeführt.

Umschlaggestaltung von Thomas Schultz-Overhage unter Verwendung
des Bildes: Bartolomeo Veneto, Lucrezia Borgia, um 1500

Gesetzt aus der Minion Pro, 11 pt

Verlag: Henricus - Edition Deutsche Klassik GmbH
Mörchinger Str. 33, 14169 Berlin, info@henricus-verlag.de
Druck: Libri Plureos GmbH, Friedensallee 273, 22763 Hamburg

Die Ausgaben der Sammlung Hofenberg basieren auf zuverlässigen
Textgrundlagen. Die Seitenkonkordanz zu anerkannten Studienausgaben
machen Hofenbergtexte auch in wissenschaftlichem Zusammenhang
zitierfähig.

ISBN 978-3-7437-0415-2

Bibliografische Information der Deutschen Nationalbibliothek

Die Deutsche Nationalbibliothek verzeichnet diese Publikation in der
Deutschen Nationalbibliografie; detaillierte bibliografische Daten sind im
Internet über www.dnb.de abrufbar.

Prolog

Diese Buchstaben zeichne ich zur Erinnerung auf, diese Worte schreibe ich zum Gedächtnis, diese Gedanken denke ich zum Nach-denken, diese Handlungen male ich zum Danach-handeln.

Mein Name ist Johannes Goritz, geboren bin ich in Luxemburg im Deutschen Reich. Meines Standes bin ich Supplikenreferent. Mein Haus am Forum Trajanum in Rom steht allen Menschen von Kultur und Bildung offen. Vorzüglich die Deutschen, welche nach Rom kommen, pflegen mir die Ehre ihres Besuches zu erweisen. So hatte ich die Freude, Reuchlin, Copernicus, Erasmus, Ulrich von Hutten und jenen nachgerade berühmt oder berüchtigt gewordenen Mönch Martin Luther in meiner Häuslichkeit willkommen zu heißen und zu bewirten. Letzterer war, wenn ich mich recht erinnere, ein starker Esser vor dem Herrn, einem üppigen Kapaun oder feisten Schweinebraten barbarisch zugetan. Wie überhaupt Mönchisches und Barbarisches, Deutsches und Skythisches sich bei ihm wunderlich vermengten und so eine Erklärung geben für die übertriebene Ablehnung der Zustände im »Sündenbabel« Rom. Die Erde drehte sich damals schneller um ihre Achse. Die Menschen verloren leicht die Balance. Kometen zogen ihre Schweife über den nächtlichen Horizont. Der Saturn zeigte sein böses Licht. Vesuv und Stromboli spien Feuer. Der Kriegsgreuel, der Revolutions- und Religionskämpfe war kein Ende und der Humanität kein Anfang, obwohl jedermann von Humanismus sprach. Wie sollte ausgerechnet Rom in diesem Chaos unverrückbar sein moralisches Gleichgewicht behalten? War es ein Wunder, daß Sankt Petri Felsen zu wanken begann und die heilige Kirche in ihren Grundfesten erschüttert wurde?

Mit eigener Hand habe ich dieses Diarium der römischen Begebenheiten zur Zeit der Borgia in lateinischer Sprache niedergeschrieben, in der freien Zeit, die mir meine ausgedehnten Amtsgeschäfte ließen. Als einziges Besitztum habe ich dieses Manuskript aus der Plünderung Roms a. d. 1527 gerettet, jenes Jahres unseliger Erinnerung, in dem ich all mein Hab und Gut verlor bis auf die Kraft meines Herzens und die Unversehrtheit meines Verstandes. Das Schicksal führte mich in die nächste Nähe jenes denkwürdigen Giganten, Alexander Borgia genannt. Ich hatte oft die Gelegenheit, seine überaus schöne und anmutige Tochter Lucrezia sowie Seine Hoheit, den Herzog der Romagna, Cesare Borgia, persönlich und im vertrautesten Kreise zu sprechen und mir meine eigene Meinung über drei Menschen zu bilden, die zugleich hold und unhold waren und in deren Seelen sich die größten Gegensätze vereinigten.

Wohl jeder, der beispielsweise Cesare Borgia nur nach seinen Taten und den Pamphleten seiner Feinde, deren er unzählige besaß, beurteilt, macht sich ein völlig falsches Bild seiner äußeren Erscheinung und seines »öffentlichen Charakters«. Cesare Borgia war immer ein Mann von besonderer Höflichkeit, Zurückhaltung und seltener Bescheidenheit, kurz, das Idealbild dessen, was man einen Virtuoso und Cortegiano nennt. Seine Taten und Pläne stehen auf einem anderen Blatt. Sein persönlicher Charme, ja seine Sanftmut vertrug sich durchaus mit einer sachlichen Härte und Grausamkeit. Ohne je lieben zu können, war er stets liebenswürdig, und ich weiß noch, wie entzückt mir Machiavell von seiner Begegnung mit ihm erzählte, die ihm die Idee seines Traktates über den »Fürsten« einflößte. Und dies zu einer Zeit, als Cesare Borgia nur noch eine Ruine seiner selbst war, denn die Franzosenkrankheit hatte ihm furchtbar zugesetzt. Auch über Alexander VI., den gewaltigen Schöpfer der Dynastie Borgia –, denn um eine solche handelt es sich – sind völlig unrichtige Legenden im Umlaufe, soweit sie seine sichtbare Erscheinung betreffen (jede geschichtliche Persönlichkeit hat viele Gestalten: und oft täuscht eine Facette, die aufleuchtet, über das Gesamtbild hinweg). In ihm tobte wohl ein Teufel – aber er wurde nie äußerlich erkennbar. Alexander Borgia war einer der schönsten Menschen seiner Zeit, kraftvoll bis in sein spätestes Alter, voll heiterer harmonischer Gemütsart und allen Dämonen der Finsternis abhold. Er liebte seine Kinder abgöttisch und war einzig bedacht, die Macht der Borgia voll Umsicht und ohne jede Rücksicht auf moralische Vorurteile zu mehren. Er tat alles, was er tat, im Angesicht der Leute, verheimlichte nichts, und ich habe nie einen Menschen gesehen, der so wie er das Urteil der Welt verachtete. Es liegt mir fern, eine Apologie der Borgia zu schreiben, ich wäge die Waage der Gerechtigkeit in meiner Hand: mag Gott die Gewichte verteilen, es ist nicht meines Amtes, das Urteil zu sprechen: ich bin Supplikenreferent: ich – referiere.

I

In jenen Zeiten, als es noch keine Zeit gab, als ein ewiger Himmel, der Himmel der Ewigkeit, über Hellas brannte, lebte Ixion, ein Mensch.

Smaragdeidechsen, Zornnattern, Heuschrecken, Grillen, Schildkäfer, Schafe, Hirsche, Pferde lebten mit ihm.

Ringel- und Äskulapnattern hingen wie kostbare Ketten um seinen Hals, die Eidechsen leckten mit ihren kleinen Zungen seine spitzen Finger.

Er aber liebte am meisten eine junge Wildstute, der er keinen Namen gab. Denn, wer einen Namen trägt, der besitzt schon ein Eigentum, das zur Gaff- und Raffgier reizt.

Da er der Stute keinen Namen gab, verbarg er sie vor Göttern und Menschen.

Denn niemand vermochte sie zu rufen.

Eines Tages aber sah vom hohen Olymp Zeus, der Gott der Götter, die Stute an einer Tränke in einer Waldlichtung.

Er schwang sich in Gestalt eines Adlers zur Erde herab.

Kaum auf der Erde angekommen, nahm er den Leib eines Hengstes an.

Die Stute erschrak und floh vor dem brünstigen Gott. Die Nüstern schnoben, sie stürmte scheu durch Wälder und Felder,

sie kam an einen Berg,

sie kletterte wie eine Gemse die Felsen empor, durch Schlünde und Schluchten, dicht hinter ihr der schnaubende Hengst. So galoppierte sie geradewegs auf den Olymp. Auf der Spitze des Berges übermannte sie der Gott.

Ixion lief wehklagend vom frühen Morgen bis in die späte Nacht durch die Haine und Auen.

Er wurde seiner geliebten Stute nicht ansichtig.

Und da er ihr keinen Namen gegeben hatte, so schrie er nur:

Ai! Ai! Ai!

Als er die Stute nach einer Woche nicht gefunden hatte, wurde er wahnsinnig.

Er lief auf allen Vieren, fraß Gras, zertrat und zertrampelte Heuschrecken, Grillen, Käfer, Eidechsen und wieherte wie ein Pferd.

Sein Wiehern vernahm Zeus.

Er hob ihn mit einem Wind zu sich auf den Olymp empor, zog ihn an die Tafel der Götter und nahm die Qual des Wahnsinns von ihm.

Er machte ihn zu seinem Mundschenk. – Als Ixion den Pokal seines Herrn am Brunnen im Hof des Götterpalastes ausschwenkte und spülte, hörte er plötzlich ein vertrautes Wiehern aus einem Stall.

Er ging dem Wiehern nach und entdeckte seine Stute, die voller Freude an ihm emporsprang wie ein Hund und beide Vorderhufe auf seine Schultern legte.

Voller Ingrimm, daß Zeus ihm die Stute entführt hatte, beschloß er, sich an dem Gott zu rächen und warf ein Auge auf Hera, die schöne Gattin des Gottes.

Eines Nachts schlich er zu ihr.

Aber Zeus, der Allwissende, schickte ihm eine Wolke entgegen, der er die Gestalt der Hera gab.

So vermischte sich Ixion liebend mit der Wolke.

Am nächsten Mittag trat Ixion, der vermeinte, Hera umarmt zu haben, an die Tafel der speisenden Götter und schrie frohlockend: 14

Ich habe Hera, die Gattin des Zeus, besessen!

Entsetzt sprangen die Götter auf.

Zeus erbleichte und winkte zwei Dienern. Sie fesselten Ixion und banden ihn auf der Nordseite des Olymps an ein ewig rollendes feuriges Rad.

II

Nephele, die Wolke, gebar nach neun Monaten von Ixion einen Sohn, der den Namen Kentauros erhielt.

Schon früh zog es ihn, wie seinen Vater, zu Pferden.

Er spielte mit der namenlosen Stute im Stall des Zeus und lernte bald auf ihr nach allen vier Himmelsrichtungen reiten.

Er floh eines Tages auf der Stute aus dem Bereich der Götter und gelangte zu den Reichen der Menschen. Er gewann ein Weib und zeugte sieben Söhne mit ihr. 15

Seine Söhne vermischten sich, da sie in den Waldgebirgen Thessaliens nicht genug Weiber fanden, mit wilden Stuten.

In Steinbrüchen und feuchten Schluchten warfen die Stuten Kinder: halb Mensch, halb Pferd. Der Oberleib war der eines Menschen, der Unterleib der eines Pferdes. Die Hippokentauren wuchsen heran zu wilden, lüsternen Geschöpfen.

Sie kämpften mit Tieren, Menschen, Halbgöttern. Selbst ein Herakles hatte in Arkadien sich mit ihnen zu messen.

In ihrem Trotz und Übermut versuchten sie auch den Götterberg Olympos zu stürmen. Die namenlose Stute zeigte ihnen den Weg. Sie galoppierten im Schutz des Morgennebels die Berghänge empor. Aber Zeus, von einer aufgescheuchten Eule benachrichtigt, warf Blitze unter sie, daß sie bestürzt flüchteten. Sie sprangen die Felsen hinab, und der Steinschlag donnerte hinter ihnen her. Viele brachen sich Genick und Rückgrat und die Adler und Geier fraßen ihre Herzen und Gedärme.

Einige aber kamen ans Mittelländische Meer, stürzten sich in die Wogen und schwammen zu den anderen Festländern:

nach Afrika,

nach Sizilien.

Zwei gelangten voller Mühsal nach Spanien. Und von ihnen, so heißt es, stammen die Borgia ab.

Die Borgia melden ihre historische Herkunft aus der spanischen Stadt Borja, nicht weit vom Huecha in der Provinz Saragossa gelegen. Acht Ritter Borgia kämpften unter Don Jayme gegen die Mauren und 1238 erscholl zum erstenmal der Schlachtruf:

Borgia! Borgia!

In der Zisterzienserabtei Veruela, am Fuß des Moncayo westlich von Borja gelegen, weihten die Borgia ihre Trophäen aus dem Maurenkriege der Heiligen Jungfrau: krumme Säbel, Turbane, Gürtel, Dolche, Spangen. An einer dieser Spangen hatte die Maurin Noa gehangen.

Alle acht Borgia liebten sie im winddurchwehten Zelt am heißen Tajo, bis sie der letzte, voll Eifersucht, daß sieben andere Borgia sie vor ihm gehabt, in der Umarmung erwürgte.

Ein letztes Röcheln aus ihrer Kehle seufzte:

Borgia! Borgia!

III

Im Jahre des Unheils 1455 bestieg der Spanier Alfonso Borgia, ehemaliger Geheimsekretär des Königs Alfonso von Neapel, unter dem Namen Calixtus III. den heiligen apostolischen Stuhl. Er war 77 Jahre alt, laborierte an einem chronischen Magenleiden und war, wie alle Magenkranken, von grämlicher, mißtrauischer Gemütsart, aus der nur für Momente ein kauzischer Humor wie der grüne Mond hinter schwarzen Wolken hervorblitzte. Mehr als der Theologie war er der Juristerei ergeben und studierte Pandekten und Decretalia eifriger als die beiden Testamente. Es machte ihm Vergnügen, spitzfindige juristische Fragen zu stellen und sie noch spitzfindiger zu beantworten.

Wie der Komet seinen Schweif, so zog Alfonso Borgia einen ganzen Troß von Spaniern hinter sich her nach Rom.

18

In allen Straßen, Palästen, Schenken begannen sie sich breit und wichtig zu machen, spanisch zu sprechen und italienisch zu radebrechen. Und bei den Weibern und Frauen stachen die Senors nur gar zu oft die Signors aus. Es gab böse Mienen, böses Blut, Florettkämpfe unter dunklen Arkaden, und eines Tages warf die empörte Menge einen jungen Spanier, den sie bei einer vierzehnjährigen Schönheit des Stadtviertels Ponte erwischt hatte, kurz entschlossen über die Brücke in den Tiber. Es gelang ihm, sich ans andere Ufer zu retten. Es war der vierundzwanzigjährige Rodrigo Borgia, ein Neffe des Papstes, ein auffallend schöner junger Mensch, der, wie es hieß, die Frauen anzog wie der Magnet das Eisen. Er war ein paar Tage zuvor von Bologna gekommen, wo er zum Doktor des kanonischen Rechts promoviert hatte. Noch triefend vor Nässe, mit zusammengebissenen Zähnen, ging Rodrigo Borgia zum Vatikan, schob die Hellebarden der wachthabenden Schweizer auseinander und gelangte in das Arbeitszimmer des Papstes, der gerade damit beschäftigt war, sich über die juristische Möglichkeit eines Ehedispenses für den dritten Grad der Blutsverwandtschaft zu orientieren. 19

Er sah ärgerlich von seinen Pergamenten auf.

Höre, Oheim, begann Rodrigo, noch immer triefend, deine Römerinnen sind sehr hübsch, aber deine Römer verstehen keinen Spaß. –

Sie haben dir Wasser über den Kopf gegossen, wie? meckerte der Alte.

Scherz beiseite, Don Alfonso – Ihr seid ein Borgia und ich bin ein Borgia. Alles andere ist Lumpenpack. Es ziemt uns, zusammenzuhalten.

Ich habe Euch einen Vorschlag zu unterbreiten, der mir, als ich durch den Tiber schwamm, aufstieß – mit dem Dreckwasser, das ich aus Mund und Nase spuckte. Wie wäre es, wenn Ihr mir den Purpur der Kardinäle verleihen würdet?

Der Papst weitete seine wasserblauen Augen –

Was, kreischte er, du willst Kardinal werden? Unter dem Tisch bewegte sich sein Bauch in lautlosem Gelächter. Aber es schien doch, als hätte er Angst, sein Hohngelächter über den Tisch hinausgelangen zu lassen. Denn dort stand, ehern, keine Miene in dem schönen Antlitz verzogen: Rodrigo Borgia, ein Borgia wie er, aber ein Mann, ein Wunsch, ein Wille.

Man muß dem Pöbel die eiserne Stirn zeigen, sagte Rodrigo Borgia. Wer nachgibt, hat schon verloren. Wer ihm die Faust ins Gesicht schmettert – gewinnt.

Dem Papst kamen allerlei juristische Bedenken – er wolle seine Commentare, Decretalia etc. befragen, ob Blutsverwandtschaft –

Rodrigo schlug mit der kleinen, zierlichen, aber steinharten Faust auf den Tisch, daß der in Holz geschnitzte Gekreuzigte wie eine Puppe auf- und niedersprang:

Nur Blutsverwandtschaft, Oheim, rechtfertigt das – und alles andere. Die Verwandtschaft des Blutes ist das heiligste Band, das Menschen binden kann. Das gleiche Blut wallt in deinen und meinen Adern, Alfonso Borgia. So hör es doch rauschen –

Und er riß sich sein nasses Hemd auf und preßte den Greisenkopf an seine Brust, der in die Tiefe lauschte, das Herz der Borgia schlagen zu hören.

IV

Calixtus III. berief das Heilige Kollegium zusammen. Die Kardinale Estouteville, Capranica, Bessarion versuchten, sich der Ernennung Rodrigos zum Kardinal zu widersetzen.

Es half ihnen nichts. Calixtus bestach den Rest mit einträglichen Pfründen und Abteien.

Kaum saß Rodrigo Borgia im Kollegium, als er den schwächlichen und kränklichen Oheim und alle schwachen Charaktere des Kollegiums zu beherrschen begann. Er veranlaßte als erstes, daß sofort zwei weitere

Borgia hohe Kirchenämter empfingen: Don Luis Borgia wurde Bischof von Segovia und Lea; Pedro Borgia wurde Präfekt der Stadt Rom und machte alsbald den Orsini und Colonna zu schaffen.

Männer und Frauen zitterten in Rodrigos Gegenwart, und es hieß, es schlügen selbst die Heiligen auf den Gemälden des Vatikans die Augen nieder, wenn er heiter an ihnen vorüberschritt und guten Mutes über sie das Kreuz schlug.

22

Er las die erste Messe, noch kaum der frommen Bräuche kundig. Aber wo ihm ein lateinisches Wort mangelte, da setzte er ein: Borgia! Borgia! an seiner Statt. Die Hostie brach er zu früh entzwei und ließ auch zuweilen lässig ein Stück fallen. In seinem ganzen Leben zelebrierte er höchst ungern und nahm es mit der Hostie nicht genau. Auch stimmte es bei seiner Messe nie: bald waren die Kerzen, bald die Sänger, bald Baldachin oder Weihrauchkessel und bald er selbst nicht zur Stelle.

Höre, Oheim, sprach er zu Calixtus, es ist recht gescheit von dir, den Kreuzzug gegen die Türken, die uns im übrigen ja nichts getan haben, zu unterstützen – denn du machst dich und damit den Namen Borgia populär bei der Christenheit –, aber vergiß nicht, das Fundament für die Dynastie der Borgia unverrückbar festzulegen. Du hast mich mit den Pfründen von Benevent und Terracina belehnt. Schön. Ich trage das rote Gewand. Gut. Aber ich habe nunmehr Ambitionen auf das Amt des Vizekanzlers. Es ist das höchste Amt nach deinem – du bist alt, verzeihe, 25 wenn ich dich daran erinnere, aber es kann dir etwas zustoßen –, du mußt unsere Stellung und unseren Einfluß für alle Fälle sichern.

Der Papst, der ein Glas mit einer grünen Magentinktur vor sich stehen hatte, die er verabscheute, schloß die wimperlosen Lider und dachte über seinen Neffen nach. Dann öffnete er sie.

Du hast Recht. Ich werde das Nennungsdekret morgen unterzeichnen.

Rodrigo Borgia ging einen Schritt auf ihn zu, daß jener sich fast zu fürchten begann: Morgen? Heute, Oheim, heute, jetzt, in diesem Augenblicke werdet Ihr das Dekret unterzeichnen, das ich selbst, um Euch die Mühe des Schreibens zu ersparen, aufsetzen werde. »Wir Calixtus III ...«

V

Auf der Falkenjagd trafen der Kardinal Rodrigo Borgia und der Graf Jean d'Armagnac zusammen. Sie zogen die Hüte und beschlossen, die Jagd gemeinsam fortzusetzen.

Beim Picknick, als die Korke von den Weinflaschen gesprungen, ergab es sich, daß der vom Weine sehr erhitzte Graf d'Armagnac den jungen Kardinal, der ebenfalls dem Weine reichlich zugesprochen hatte, aber völlig nüchtern geblieben war, um eine Unterredung unter vier Augen bat. Sie gingen abseits, und an zwei Bäume gelehnt, schwiegen sie sich zuerst eine Zeitlang an, ehe der Graf den Mut zu den ersten Worten fand.

Er schlug mit seiner Reitgerte in das Laub der Bäume.

Ob der hochwürdige Herr Kardinal sich irgendwie mit dem Wesen der Liebe beschäftigt habe – in der freien Zeit, die seine geistlichen Exerzitien ihm ließen –? Der Kardinal lächelte höflich:

Gewiß, mehr theoretisch allerdings, mehr platonisch, wie es einem Kirchenfürsten gezieme.

Gewiß, gewiß. Der Graf pflichtete ihm bei. Aber gerade auf die Theorie, auf das Prinzipielle komme es ihm an. Nämlich: inwieweit Heirat zwischen Blutsverwandten kirchlich gestattet oder – so wolle er sich ausdrücken – möglicherweise geduldet würde?

Die Iris in den Augen des Kardinals begann aufzuleuchten.

Dürfe er den Herrn Grafen fragen, wen der Herr Graf zu heiraten wünsche?

Der Graf war vor Aufregung fast nüchtern geworden. Er bereute seine Offenherzigkeit dem undurchdringlichen Borgia gegenüber. Aber es war zu spät, das Geheimnis zu behalten. Er senkte den Kopf wie ein auf unrechtem Pfade ertappter Schüler:

Ich liebe – meine Schwester.

Der Kardinal schwieg.

Oben in den Bäumen sauste der Wind.

Und im Wind schrie ein Merlan, ein Raubvogel.

Hören Sie, sagte der Kardinal, wie schön, wie stark, wie ehrlich dieser Vogel schreit! Wir Menschen sind erbärmliche Lügner gegen ihn.

Der Graf blieb stumm. Er meinte sich von diesen glühenden, schwarzen Augen, die er kaum ertragen konnte, abgeblitzt.

Der Kardinal drehte den Ring mit dem Mondstein an seiner linken Hand. 28

Ein Halbedelstein – aber ein Glücksstein. Sie sollten sich und Ihrer Schwester – Ihrer Geliebten und bald ihrer Gattin – einen Mondstein schenken.

Der Graf fühlte sein Antlitz von Purpurröte übergössen.

So beschimpft und verachtet Ihr mich nicht wegen meiner unnatürlichen Liebe und Leidenschaft?

Der Kardinal lächelte:

Wie kann, was in der Natur ist, wider die Natur sein?

Und Ihr meint, Ihr könntet bei Seiner Heiligkeit, Eurem erhabenen Herrn Oheim, ein gutes Wort für einen Dispens einlegen?

Er senkte wieder die Stirn:

Yvonne erwartet in sieben Monaten ein Kind.

Der Kardinal löste sich vom Baum, als ob er wie ein Waldgott aus dem Stamm heraustrete:

Seid unbesorgt. Ich selbst werde die Bulle mit dem Ehedispens für Euch ausfertigen. Ihr werdet die Gewogenheit haben, meinem Bankier 25.000 Dukaten zu überweisen, wovon ein nicht unbeträchtlicher Teil für den Sekretär Seiner Heiligkeit, Herrn Giovanni di Volterra, und einen 29 zweiten gegenzeichnenden Kardinal bestimmt ist.

Und die Unterschrift des Heiligen Vaters?

Der Kardinal lachte schallend.

Der Heilige Vater gibt seine Unterschrift umsonst! Kommen Sie, Graf, unser Gefolge vermißt uns schon.

VI

Calixtus stirbt im Alter von achtzig Jahren.

Die Feinde der Borgia, dieser verfluchten katalanischen Eindringlinge, atmen und leben auf.

Im Palast der Orsini, die sich die Bekämpfung der spanischen Nepotenwirtschaft zum besonderen Ziel gesetzt, findet ein Fest- und Freudenmahl statt, dem Rodolfo Orsini hager und hochmütig präsidiert und an dem auch Mitglieder der Familie Colonna teilnehmen. Noch nachts empfängt der Orsini einen seiner vertrautesten Diener, einen Franzosen namens Briconnet. 30

Briconnet wird am nächsten Morgen in der Via Giudea erstochen aufgefunden.

Das Attentat auf Rodrigo Borgia war mißglückt. Rodrigo Borgia selbst war ihm zuvorgekommen.

Auf die Kunde des Attentats flohen viele Borgia und Spanier aus Rom und ließen ihre Häuser im Stich, die der Pöbel plünderte. Nur Rodrigo Borgia wich nicht. Mit einer Leibwache von zehn schwer bewaffneten Katalanen ging er aus und besuchte Rodolfo Orsini, sich mit ihm sehr artig über die griechischen Handschriften der vatikanischen Bibliothek zu unterhalten.

Pius II. besteigt den päpstlichen Stuhl.

Der Kardinal Rodrigo Borgia lag noch zu Bett, als man ihm die Ankunft eines päpstlichen Kuriers meldete. Julietta, völlig nackt, servierte ihm die Schokolade. Corinna, nur mit einem silbernen Schleier bekleidet, saß auf dem Bettrand.

Der päpstliche Kurier, ein achtzehnjähriger hübscher Junge aus Piemont, trat über die Schwelle des Schlafzimmers und stutzte.

Er versuchte die Augen zuzukneifen.

Dann sah er angestrengt zur Decke empor. Aber auch dort fand er nackte weibliche Gestalten sich zu einem sinnlich aufreizenden Reigen schlingen, der ihn erröten ließ. Tritt näher, mein Sohn, sprach der Kardinal.

Julietta lachte.

Corinna lächelte.

Der Kurier errötete.

Seine Heiligkeit benutzt die Bäder von Petriolo?

Der Kurier nickte.

Er schien sich vorgenommen zu haben, kein Wort zu sprechen.

Julietta und Corinna tuschelten zusammen und zeigten ungeniert mit den Fingern nach dem sehnigen Burschen. Der Kardinal riß den Brief auf und las:

Geliebter Sohn! Eure Eminenz!

Es ist etwa eine Woche her, daß in den Gärten des Signor Giovanni dé Bichi eine Festlichkeit stattfand und eine große Anzahl als leichtfertig verschriener Frauen Sienas dort zusammenkamen, um sich in Anwesenheit Euer Eminenz Lustbarkeiten hinzugeben, die mit näherem Namen anzuführen mir meine Scham verbietet. Eure Eminenz nahmen von der

siebzehnten bis zur zweiundzwanzigsten Stunde, wenig eingedenk Ihres erhabenen Amtes, an dem unchristlichen Bachanal teil. Um die Schande vollzumachen, waren die Gatten, Brüder, Väter und Vettern der jungen Damen von der Teilnahme an dem Gelage ausgeschlossen, die Lust Euer Eminenz und einiger weniger Auserwählter nicht zu stören. – Ich vermag meiner Empörung und meinem Mißfallen kaum die geziemenden Worte zu finden. Hier in Petriolo, einem von Geistlichen und Laien in der gegenwärtigen Jahreszeit stark besuchten Bade, ist das eines Kirchenfürsten unwürdige, zügellose Betragen Euer Eminenz zum Tagesgespräch geworden. Die Kleriker schämen sich Euer Eminenz Genossenschaft, und die Laien abstrahieren von Eurem frivolen Wandel auf das Leben der Geistlichkeit insgesamt. Selbst wir, der Statthalter Christi auf Erden, geraten in Gefahr, der allgemeinen Verachtung, dem Spott und Hohn der Welt anheimzufallen, da wir Euer Eminenz sittenloses Gebaren zu dulden scheinen. Das Maß Unserer Nachsicht ist aber am Überlaufen, und wir bitten Euer Eminenz ein allerletztes Mal, in sich zu gehen und Buße nicht nur zu geloben, sondern zu tun. Euer Eminenz haben einen Sitz unter den Räten des Heiligen Stuhles, wozu Euer Eminenz Klugheit, Tatkraft und Wissen Sie gewißlich befähigen. Möge aber Euer Eminenz bedenken, wie sehr die Autorität der Kirche gemindert wird, wenn ein Baumeister, ausersehen, sie zu stützen, fortgesetzt Steine aus ihren Mauern löst und endlich den Turm selbst zum Einsturz bringen wird. Euer Eminenz sind noch sehr jung, 29 Jahre, aber nicht mehr so jung, um den ganzen Tag auf nichts als Wollust zu sinnen. Wir vermahnen Euch streng, aber väterlich und zeichnen als
Petriolo, 11. Juni 1460.

Pius II.

Der Kardinal hatte mit steigendem Unmut gelesen, der sich in den Zornesfalten seiner Stirn ausdrückte. Als er geendet hatte, warf er sich in die Kissen zurück und überlegte, was zu tun sei. Er schrieb mit dem rechten Zeigefinger allerlei Zeichen in die Luft.

Der Kurier folgte seinen Bewegungen und schien sie entziffern zu wollen.

Endlich fiel des Kardinals Blick auf Julietta. Er wandte sich mit einem Ruck an den Kurier:

Bist du geritten, oder hast du einen Wagen mit, mein Sohn?

Ich bin geritten, Eure Eminenz.

Schön. Man wird einen meiner Reisewagen anspannen. Du wirst im Wagen zurückfahren –

Sehr wohl, Eure Eminenz.

Mit meiner Antwort an Seine Heiligkeit – Gott selbst hat sie geformt und stilisiert – da –

Und er zeigte auf die nackte Julietta.

Wirf ihr einen Mantel um – nichts weiter – und nimm meine Antwort an Seine Heiligkeit mit dir – aber hüte dich, ihr im Wagen ein Postskriptum anzufügen. Geh mit Gott, mein Sohn.

Und zu Julietta, die kein Wort fand:

Geh mit Gott, meine Tochter.

VII

Der Bildhauer Umberto arbeitete an einer Statue der Juno.

Rodrigo Borgia sah sie in seinem Atelier.

Er war entzückt.

Er ging auf Zehenspitzen um sie herum.

Er zog den Vorhang am Fenster auf und zu, um Licht und Schatten zu studieren.

Er strich ihr mit der Hand über Wangen und Brüste und streichelte zärtlich die Knie.

Was willst du dafür haben, Umberto?

Umberto wand sich vor Verlegenheit wie ein Regenwurm.

Die Statue ist bestellt, Eure Eminenz.

Ich zahle das Doppelte.

Sie ist bestellt – von dem Urbild.

Wie – Juno sitzt Euch Modell?

Der Bildhauer nickte.

Ich zahle Euch das Dreifache – und Ihr könnt die Statue behalten – wenn Ihr mich einer Sitzung beiwohnen laßt.

Eure Eminenz –

Hinter dem Teppich dort – oben auf dem Hängeboden oder –

Es klopfte.

Der Kardinal sprang hinter den Vorhang.

Die Vanozza erschien.

Wir sind allein?

Allein.

Sie warf die Kleider ab.

Zitternd führte der Bildhauer Meißel und Hammer.

Die Vanozza wurde aufmerksam.

Was habt Ihr, Umberto? Seid Ihr nicht wohl?

Umberto wischte sich den Schweiß von der Stirn.

Es ist heute heiß im Atelier.

Der Teppich verschob sich.

Die Vanozza kehrte sich um.

Nackt wie sie selbst trat Rodrigo Borgia auf sie zu.

Möge Juno verzeihen, wenn Zeus ohne Ankündigung seines Besuches sich ihr zu nahen wagt.

Und zu dem Bildhauer:

Umberto – geht – Ihr müßt neuen Ton besorgen – es gilt, ein Duo in Stein zu schaffen: Zeus wirbt um Juno.

Blasser als Marmor schlich Umberto, der Bildhauer, ohne sich noch einmal umzusehen, aus seinem Atelier. 37

VIII

Von oben bis unten ist der Kardinal mit Blut befleckt. Er sieht wie ein Metzger aus, der einen Ochsen schlecht geschlachtet hat. Sein feistes, öliges, aber schönes Gesicht verzieht sich zwischen Grinsen und Greinen.

Die Soutane ist hin, denkt er, der Stoff – von Bontempoli in Mailand – war gut. Aber zu teuer, zu teuer. Ich werde es einmal mit einem kleinen jüdischen Restehändler in der Via Veneto versuchen. Der Mann soll äußerst preiswert liefern. Spare ich am Meter drei Groschen, so –

Er verlor sich in komplizierte Berechnungen. Plötzlich fiel sein Blick auf die Vanozza, der er Geburtshelferdienste geleistet hatte. Auf der Piazza Prizzi di Merlo hatte er ihr, in der Nähe seines Palastes, ein Haus eingerichtet. Es fehlte nichts an der Einrichtung. Nicht einmal ein Mann. Er verheiratete sie mit Giorgio de Croce, einem nachgiebigen, käuflichen Herrn, den er zum Vater seiner Kinder bestimmte. – Die Vanozza lag, nach der Qual der Wehen in tiefen Schlaf versunken, auf dem Lager. 38 Arzt und Hebamme liefen lautlos wie zwei Eichhörnchen auf dem Teppich hin und her. Im Hintergrund am Fenster saß ein spanischer

Astrologe mit seinen Instrumenten und Karten, sah nach dem Himmel, und stellte dem Kind das Horoskop.

Die Hebamme hatte das Kind gebadet. Sie brachte es in einem reinlichen Steckkissen, das sie dem Vater vor die dicke, mit Sommersprossen bedeckte Nase hielt.

– Es ist ein Mädchen, sagte sie.

Rodrigo Borgia fuhr mit dem rechten Zeigefinger über die Stirn des winzigen Wesens und schlug mechanisch das Kreuz. Ein Mädchen! dachte er. Ich hatte einen Knaben erwartet. Davon kann man nie genug haben. Stammhalter. Borgia. Aber es sei. Juan und Cesare sind ja schon eingetroffen. Man sagt, daß es einen Knaben gibt, wenn der Mann mehr liebt, und ein Mädchen, wenn die Frau mehr liebt. –

Er sah von dem Kind zur Mutter hinüber. Was müßte es da eigentlich geben, wenn weder Vater noch Mutter liebten?

Er grübelte.

Das Kind verzog jetzt sein verwittertes, greisenhaftes Gesicht noch mehr, so daß es aussah, als ob eine unsichtbare Hand ein Paket Pergamentpapier zerknittere. Dann öffnete es plötzlich die verklebten Augen einen kleinen Spalt. Es schien zwischen den Lidern hindurch den fetten, großen Mann, der vor ihm stand, prüfen und ergründen zu wollen.

Du bist mein Vater? fragte es erstaunt. Hast du irgendwelche Vorstellungen von mir gehabt, als du mich schufst? Wolltest du einen Menschen deines unreinen Blutes – oder wolltest du vielleicht etwas Liebliches, Schönes, Sanftes, Zartes, Edles – – – alles Eigenheiten, die dir und deiner Familie fremd sind? Wolltest du dich selber überdauern – einen Hauch Ewigkeit in den Sturm der Zeit blasen – oder bin ich dir nur zufällig so entwischt – wie du nach dem Essen, dich zu erleichtern, einen Dampf aus dem Darm fahren läßt? –

Die Augen des Kindes hinter den Lidern fragten, ohne eine Antwort zu bekommen. Sie glitzerten in einem unbestimmten, silbrigen Glanz, und es war noch nicht zu erkennen,ob es blaue, braune oder schwarze Augen geben würde.

IX

Am siebenten Geburtstag Cesares erscheint Rodrigo Borgia in seines Sohnes Zimmer, um ihn mit einem väterlichen Kuß zu wecken.

Adriana Mila, die Tante, trägt einen Maiskuchen, in dem sieben Kerzen stecken, die eine verdächtige Ähnlichkeit mit Phallen haben. Rodrigo dreht eine Pergamentrolle in der Faust.

Der Knabe, noch ganz verschlafen, streckt die Hände danach aus.

Sollst du haben, mein Söhnchen, sollst du haben, und alles, was auf dem Papier geschrieben steht, dazu.

Und Rodrigo Borgia entfaltet die Rolle und beginnt zu lesen:

Alle Einkünfte der Präbenden und Kanonikate des Domes von Valencia fallen Signor Cesare Borgia zu. – Der Signor Cesare Borgia bist *du*! sagt stolz der Vater und tippt dem Knaben auf die Stirn. – Er wird zum Schatzmeister von Cartagena ernannt.

Der Schatzmeister von Cartagena, das bist du.

Rodrigo lacht, daß seine etwas feisten Wangentaschen scheppern.

Der Knabe wird böse.

Lach nicht, Papa. Das Leben ist ernst.

Don Rodrigo hält inne, stutzt. Dann streichelt er den Sohn zärtlich mit der päpstlichen Bulle.

Du hast recht, Cesarino, bist sieben Jahre alt und so klug, so klug. Wirst es weit bringen. Er geht und läßt das Pergament.

Der Knabe springt aus dem Bett. Ihn kommt ein natürliches Bedürfnis an. Er zieht ein silbernes Nachtgefäß unter dem Bett hervor. Und da es ihm an Papier mangelt, zerreißt er die päpstliche Bulle Sixtus IV., die ihn soeben zum Schatzmeister von Cartagena ernannte.

X

Lucrezia wird als Prima Donna d'Italia von ihrer Tante Adriana zusammen mit Julia Farnese, genannt »die Schöne«, aufgezogen.

Die beiden jungen Mädchen wetteifern miteinander an Schönheit und Grazie.

Jeden Abend, wenn die Tante zu Bett gegangen, treten sie nebeneinander nackt vor den Spiegel.

Sie beobachten, wie ihre Brüste sanft sich zu runden beginnen, wie immer dichter der Flaum zwischen ihren Schenkeln sproßt.

Jede ist auf die andere eifersüchtig und jede preist verlogen die Schönheit der andern. Julia sagt:

Wie wunderschöne kornblonde Haare du hast, Lucrezia!

Lucrezia sagt:

Wie zart die Wölbung deiner Brüste! Es sind die beiden Hälften der Erdkugel, die aus dir hervorquellen.

Sie funkeln sich haßerfüllt an.

Julia sagt spitz:

Wie meinst du das mit dem »Hervorquellen«? Bin ich dir vielleicht zu dick?

Lucrezia kräuselt die Lippen:

45 Aber Julia! Du bist schlank wie ein Knabe – so schlank wie Cesare.

Julia wird rot wie ein Hummer:

Also bin ich zu mager, wie?

Sie fährt auf Lucrezia los und ihr mit dem Kamm ihrer Finger durch das gelöste blonde Haar.

Lucrezia schreit auf und beißt Julia in die Schulter, daß das Blut rinnt.

Julia läßt los:

Du bist grob!

Und du bist schlecht erzogen.

Genau wie du – von Tante Adriana.

Sie sehen sich unter Tränen an.

Dann lächeln sie plötzlich.

Sie stürzen sich in die Arme und selig spürt jede den nackten heißen Leib der andern.

Lucrezia ließ sich aus diplomatischen Gründen ohne Widerrede und ohne daß sie ihn auch nur gesehen hätte, fünfzehnjährig mit Giovanni Sforza in absentia vermählen.

Wenn er kein Borgia ist, so ist ein Mann wie der andere. Wenn er einmal die Woche badet, sich zweimal täglich den Mund spült und 46 dreimal des Nachts seine eheliche Pflicht erfüllt, wird sich mit ihm leben lassen.

Einige Wochen nach der Hochzeit verfolgte sie auf einem Spaziergang rechts des Tibers ein stattlicher junger Mann, dem sie nicht zu entgehen vermochte.

Sie floh in einen Olivenhain.

Der Jüngling folgte ihr.

Da er ihr gefiel, gab sie sich ihm hin.

Erst später, als er sich vorstellte, zeigte es sich, daß es Giovanni Sforza, ihr Mann, war, mit dem sie, ohne es zu wissen, die Ehe vollzogen hatte.

Diese Ehe sollte nicht lange dauern. Die Gründe, die Rodrigo zu dieser Ehe bewogen hatten, bestanden bald nicht mehr.

Die Sforza konnten ihm nicht mehr von Nutzen sein.

Er hatte sich getäuscht.

Er korrigierte sich sofort.

Er ließ von einem Kardinalskollegium die Ehe der Lucrezia Borgia und des Giovanni Sforza wegen »impotentia coeundi« des Ehemannes trennen.

XI

Cesare wird vom Vater zum geistlichen Stand bestimmt, während Juan, der Erstgeborene, die weltliche, die politische Karriere einschlägt.

Cesare soll in Perugia, der Hauptstadt Umbriens, Jura und Theologie studieren. Als Hofmeister wird ihm der Spanier Francesco Remolino beigegeben.

Cesare bildet sich zum vollkommenen Cortegiano, zum Mann von Welt aus.

Er reitet, schwimmt, tanzt.

Er liest die griechischen und lateinischen Klassiker, vor allem Cäsar, Livius und Herodot.

Er ficht Florett und Degen.

Er springt, ringt, singt.

Man muß, so sagt er zu Francesco Remolino, sein Leben als schönes Kunstwerk leben. Häßliche Dinge läßt man die anderen tun.

Sein liebster Umgang war ein verwachsener Zwerg namens Gabriellino, den er unterwegs auf der Reise wie eine vom Baum gefallene Nuß aufgelesen hatte.

Sie gab ihm manches zu knacken:

Eure Herrlichkeit sind wohl nach Perugia gezogen, um eine Grabstatt für dero Herrn Vater ausfindig zu machen? Zum Begraben ist Perugia gar nicht so ungeeignet.

Der Jüngling runzelte die Stirn:

Wie meinst du das?

Nun: Perugia ist der bevorzugte Friedhof der Päpste. Innozenz III., Martin IV., Benedikt XI. liegen hier im Dom begraben. Die beiden ersten sogar Wange an Wange, d.h. Staub an Staub in der gleichen Urne. Ich habe mir schon oft gedacht, was das am Jüngsten Tag, wenn die Posaune ertönt, für ein Durcheinander geben wird. Die beiden werden sich in ihrem Staub miteinander nicht mehr auskennen. Vielleicht werden sie als Wunderpapst, ein Papst mit zwei Köpfen, auferstehen.

Cesare lachte:

Du hattest mir für den Abend ein hübsches Mädchen versprochen. Geh, hol sie mir!

Der Zwerg griente:

Ich werde Euch ein weibliches Wundergeschöpf vorstellen. Zwei wunderschöne Schwestern – zwei Leiber – und kein Hirn, zwei Seelen – und kein Gedanke. Euer erlauchter Bruder, der nicht umsonst den Namen Don Juan trägt, würde –

Schweig, unterbrach ihn zornglühend Cesare, schweig mir von meinem Bruder. Ich will nichts von ihm wissen.

Und ungelesen zerriß er einen Brief Juans, den er soeben erhalten hatte.

Der Zwerg watschelte davon.

XII

Zwischen Tiber, Pincio und dem Kapitol drängt sich in einem Tal Rom, die ewige, die heilige Stadt.

Die Straßen sind eng, schmutzig, schlecht gepflastert. Bei Regenwetter versinkt man ohne hohe Stiefel im Morast.

An der Piazza Giudea liegen die Handelshäuser. Im Rione di Ponte domizilieren die Handelsherren und Bankiers. Im Rione di Tarione hausen Prälaten, Buchhändler, Literaten, Künstler, Kurtisanen.

Es gibt keine Nachtbeleuchtung. Zwischen dunstigen, ärmlichen Häusern steigen plötzlich üppige Paläste und stolze Kirchen empor.

Die Ruinen der Vergangenheit begegnen einem auf Schritt und Tritt.

Auf dem Forum weiden Gänse und Ziegen. Um die Trajanssäule haschen sich die Kinder. 50.000 Einwohner zählt Rom – den dritten Teil von Venedig.

Durch ein Seitentor verließ Rodrigo Borgia seinen zwischen Engelsbrücke und Campo dé Fiori gelegenen Palast, völlig unkenntlich, nur ein paar

Lumpen umgehängt, aber unter den Lumpen den Toledaner Dolch. Er strich durch das Viertel Ponte.

An Kirchentüren blieb er stehen und bettelte.

Wie war die allgemeine Volksstimmung – für oder wider den Papst Sixtus IV.?

Die Orsini waren für ihn.

Die Colonna und Savelli gegen ihn.

Hehe – und die Borgia?

Er drückte seinen zerrissenen Kalabreser Hut tiefer in die Stirn.

Hier in Ponte, auf dem Monte Giordano, herrschten die Orsini. 51

Rodrigo Borgia schlich um die Torre di Nona und den Monte Giordano, wo Adriana Orsini wohnte, wie der Kater um den heißen Brei.

Man müßte die Vanozza vor den Orsini schützen – aber auch vor den Margana, Palle, Savelli, Cesarini, Barberini.

Für sie hatte es nur Borgia zu geben, große und kleine. Sie selbst war dazu da, Borgia zu gebären. Denn es sollte ein Geschlecht erzeugt werden, fähig, Rom und alle Tore der Erde aus den Angeln zu heben. Außer ihm, Rodrigo Borgia, dem Ahnherrn der Borgia und Schöpfer einer neuen Welt, waren bereits durch ihre und Gottes Hilfe Juan, Cesare und Lucrezia Borgia in dieses Leben getreten, ausersehen, es bunt und prächtig zu gestalten und alle niederen menschlichen und tierischen Wesen zu regieren und zu leiten: mit Hochherzigkeit, Kühnheit, Klugheit, Schönheit, aber auch mit unerbittlicher Strenge und Härte bei unbotmäßiger Auflehnung.

Gegen Gott und Borgia darf niemand löken. Juan! Cesare! Lucrezia! Ihr werdet Borgias Bannerträger sein! 52

Für euch, für Borgias Ruhm habe ich allen meinen Reichtum gescharrt und gekratzt und gehäuft. Valencia und Karthago sind meine Bistümer und senden mir Tribut, und hundert Abteien Spaniens und Italiens. Warum habe ich das Amt eines Vizekanzlers usurpiert? Um euch jährlich zehntausend Goldgulden sammeln zu können.

Zehntausend Goldgulden, murmelte er vor sich hin und drehte bettelnd seinen Hut vor Santa Maria del Popolo.

Dann trat er in eine Osteria – in eine der Osterien, deren Pächterin noch von früher die Vanozza war.

Er trank einige Viertel Barberino und fing dann zu grölen an:

Die Vanozza ist eine Hure. Wovon lebt sie, he? Von der Hurerei mit diesem – und er spuckte dreimal aus – sogenannten Kardinal Rodrigo

Borgia, einem, hol mich Gott, verdammten spanischen Intriganten. Es wird kein gutes Ende nehmen – mit ihr nicht und mit ihm nicht. Warum rennt ihm ihr hochachtbarer Gatte, Signor Giorgio di Croce, nicht ein kaltes Eisen zwischen die Rippen?

Rodrigo Borgia zog unter den Lumpen seinen Dolch hervor und fuchtelte damit herum.

Wenn ich diesem – er spuckte wieder aus – Borgia einmal allein begegne, so werde ich ihm mit diesem Messerchen ein wenig die Gedärme kitzeln. Der Kerl soll an mich denken –

Von allen Seiten in der Schenke machte es Psst! Psst! Psst!

Er schrie so laut, daß man's bis auf die Straße hörte.

Jeder soll es hören, schrie er, daß der Kardinal Rodrigo Borgia ein Lump und die Vanozza eine Kapitalshure ist. Jeder. Meint Ihr, sie betrüge ihren hochachtbaren Gatten nur mit diesem Borgia? Weit gefehlt! Da haben wir einmal die spanischen Senores Juan López, Marades und Taranza, die bei ihr verkehren – hihi, verkehren –. Auch von den edlen Familien der Barberini, Cesarini, Orsini, Torcari dürfte mancher männliche Sproß schon Wurzeln in ihr geschlagen haben ...

Jetzt ist's aber genug, du Lästermaul, schrie der riesige Wirt der Taverne. Du bringst mir noch meine hochangesehene Schenke mit deinem greulichen Gebrüll bei allen ehrenwerten Bürgern in Verruf. Was gehen mich die Vanozza und der Kardinal Borgia an? Hinaus!

Und er packte Rodrigo Borgia um die Hüften und warf ihn hinaus auf das Pflaster, wo er einige Sekunden wie tot liegen blieb, sich humpelnd erhob und erst hinter einigen Straßenecken in seinen gewöhnlichen schlendernden Gang fiel.

XIII

Rodrigo Borgia sitzt mit feistem, festem Arsch unter fünf Päpsten auf dem Stuhle des Vizekanzlers.

Er ist nicht herunterzukriegen.

Er hockt wie eine brütende Ente – er brütet die Zukunft der Borgia –, er sitzt und wartet.

Der Humanist Pius II. versucht, den Sultan Mohammed brieflich zum Christentume zu bekehren und stirbt.

Hehe –

Der eitle Paul II. versteht wenig Latein, sammelt Münzen und Bilder, um hinter den Medici nicht zurückzustehen, und stirbt.

Hihi –

Der jähzornige Sixtus IV. baut die Sixtinische Kapelle, führt Kriege, auch mit Florenz und den Medici, die unüberwindlich scheinen, und stirbt.

Oho!

Rodrigo Borgia beginnt aufzumerken. Sixtus ist ein Mann, der es mit der kirchlichen Seite des Papsttums nicht mehr sehr genau nimmt. Er drückt ihm ganz den Stempel des Politischen auf.

Mit scheinbar schläfrigen Augen sieht Rodrigo Borgia umher: nach Kardinalsgenossen, die ihm helfen könnten.

Er tut dem und jenem diesen und jenen »Gefallen«: schenkt ihm eine Perle, einen persischen Teppich, eine Pfründe und verspricht ihm das Tausendfache.

Dieser Innozenz VIII., haha, lebt ja wohl nicht ewig! Ein erbärmliches feiges Hündchen, aber er zeigt, wie man's machen muß. Er gibt Absolution und Pardon selbst bei Mord und Totschlag gegen entsprechende Taxen.

Er stirbt.

Rodrigo steht an seinem Sterbebett und fühlt seine Zeit gekommen.

Er drückt ihm die Augen zu.

Er richtet sich hoch auf, als er von dem Toten geht. Es scheint allen, als sei er plötzlich gewachsen. Seine Augen sprühen Feuer.

Das Konklave beginnt.

Rodrigo Borgia ist Spanier.

Die meisten italienischen Kardinale sind der Meinung, daß die Tiara einem Italiener gebühre.

Sie sind gegen den »Ausländer«.

Schon sind drei Skrutinien ohne positives Ergebnis vorübergegangen.

Zwischen Kardinal Costa und Kardinal Caraffo scheint die Entscheidung zu liegen. Es wurden Wetten auf sie abgeschlossen. Auch Borgia selbst ließ unter der Hand hohe Wetten abschließen. Auf sich selbst.

Golden, aus schwarzem Hintergrund trat plötzlich der Borgia hervor. Er geht von einem Kardinal zum andern und trägt auf seinen Händen alle Reichtümer der Welt, bereit, sie unter sie zu streuen. Er ist der große

Verführer. Er führt sie auf die Hügel um Rom und zeigt ihnen Rom, zeigt ihnen Italien, zeigt ihnen die Welt.

Du, Orsini, bekommst das Bistum Cartagena. Du, Colonna, die Abtei Subiaco. Savelli, mein Freund, dir gebührt Civita Castellana und das Bistum Maiorca. Das Bistum Pamplona, üppig wie sein Name, ist dir vorbehalten, Pallavicini. Riario, Sanseverino: Ihr werdet alle zu dem Euren kommen! Du, Ascanio Sforza, du bist der Edelste, Einflußreichste, Würdigste: Dich will ich überschütten mit Gold und Gnade – wenn erst die Tiara mein Haupt schmückt. Meinen eigenen Palast sollst du haben, mein ertragreiches und bequemes Amt des Vizekanzlers, das Bistum von Erleu, das dir 10.000 Golddukaten mindestens bringt – und viele andere Benefizien –

So ging der Borgia von einem zum andern und gewann vierzehn Stimmen.

Vierzehn Stimmen!

Er frohlockte! Nur eine einzige fehlt mir noch – und ich bin der Papst, der papa di Roma, ein Borgia der Stellvertreter Christi auf Erden, ein Borgia wird Gott!

Aber zu wem er nun noch ging: Piccolomini, Zeno, der junge Giovanni di Medici, den er fast liebte – sie drehten ihm den Rücken.

Caraffa und Costa, bei Beginn des Konklave die aussichtsreichsten Kandidaten, waren enttäuscht, daß die Tiara ihnen entschwebte und wollten nichts von ihm wissen.

Es blieb schließlich nur einer, der unschlüssig war, auf welche Seite er sich schlagen solle. Es war der fünfundneunzigjährige Kardinal Gherardo.

Rodrigo Borgia stand vor ihm und sah ihm in die gierig gespannten Habichtaugen, die aus einem Haufen zerknitterter Haut hervorsahen.

Der Mann ist alt, dachte Rodrigo Borgia, uralt. Er hat sein Schäfchen schon im Trockenen. Was könnten ihm ein paar Pfründen und Benefizien noch nützen? Gar nichts. Es verlohnt nicht, sie ihm anzubieten. Er würde ihn auslachen. Ist er Kunstliebhaber? Ein hübsches Bild – eine Statue –. Er kam davon ab. Diesem alten, halbtoten Mann mußte man etwas Lebendiges versprechen. Das Leben selbst. Und wer war das Leben selbst? Wer anders als eine junge Frau, ein junges Mädchen. Eine Fleischblüte. Ein Nelkenmund. Zwei Schlingarme. Zwei Brustknospen. Ein moosiger Schoß. Der Kardinal Borgia zog den Kardinal Gherardo zu sich heran, er flüsterte ihm ins Ohr:

Wenn Ihr mir heute im Konklave Eure überaus wertvolle Stimme gebt, so wird morgen, kurz nach Mittag …

Die weiteren Worte verliefen sich im Ohr des Gherardo und sie schwollen erst wieder hörbar an gegen Schluß des Satzes:

So wahr mir Gott helfe.

Die Habichtaugen des Greises funkelten den Borgia an.

Durch messerscharfe Lippen pfiff es wie ein Vogelpfiff:

Amen.

XIV

In der Frühe des 11. August 1492 sprang das Konklavefenster auf.

Rodrigo Borgia war als Alexander VI. zum Papst gewählt worden.   62

Alexander VI. verkündete sofort, daß er für Santa Maria del Popolo, die ihn beschirmt und geführt, einen neuen Altar und eine Orgel stifte.

Das Volk applaudierte. Er erteilte von der Benediktionsloggia urbi et orbi den feierlichen Segen:

> Ich segne die Stadt,
> Ich segne das Land,
> Ich segne Italien,
> Ich segne die Welt.

Um zwei Uhr, nach dem Mittagessen, draußen brütete die Augustsonne, drinnen im Palast hatte alles die Fensterläden heruntergelassen und schlief,

ging Lucrezia Borgia, die Tochter des Papstes,

    durch die dunklen Gänge des Vatikans,

    durch die da und dort grüngoldene Lichter blitzten,

in die Gemächer des Kardinals Gherardo. Sie ging ruhig, mit zarten, aber festen Schritten.

Vor der Tür zögerte sie nur einen Moment und trat dann ohne Anklopfen ein.   63

Der uralte Kardinal erhob sich aus seinem Lehnstuhl. Eine purpurne Röte schoß in seine Stirn, um sofort einer Totenblässe Platz zu machen.

Er hob mit Anstrengung nochmals die Augenlider, das Wunder von Mensch, das Wunder von Mädchen vor sich zu betrachten.

Sie hatte nur einen kleinen Brokatmantel umgeschlungen, der ihr kaum bis auf die Knie ging.

Sie öffnete ihn und stand nackt vor ihm. Da blühte sie, die schönste Blüte der Natur: die Blume Frau. Ein Nelkenmund. Zwei Brustknospen. Ein moosiger Schoß.

Er hob noch einmal die Arme.

Dann brachen ihm die Knie.

Er fiel in den Ledersessel zurück.

Der Kopf schlug hölzern auf die Tischkante.

Lucrezias Augen öffneten sich zuerst ein wenig erstaunt. Dann schloß sie den Mantel und trat auf den toten Kardinal zu. Sie schloß ihm mit leichter, fast zärtlicher Handbewegung die Augen.

Sie machte das Kreuz über ihn, nahm von den Näschereien, die in einer kleinen silbernen Schüssel, augenscheinlich für sie bestimmt, auf dem Tisch lagen und ging mit zarten, aber festen Schritten, wie sie gekommen war.

XV

Alexander VI. ist ausser sich vor Glück. Er hat das höchste Spiel mit dem höchsten Einsatz gewonnen.

Wir sind im Anmarsch, wir Borgia. Im Anmarsch, Gott, zu Deinem Thron. Wir haben die erste Sprosse der Jakobsleiter schon betreten.

Nun geht es aufwärts, unaufhaltsam aufwärts, durch Wolken und Winde, Gewitter und Hagel, Blitz und Sterne hindurch:

bis zu Dir, denn Du bist der Vater im Himmel,

und der Vater der Borgia.

Wenn wieder ein Gottessohn auf die Erde steigen wird, die Menschheit zu erlösen, so wird es ein Borgia sein.

Rom machte Cäsar groß, aber nun hebt Alexander

kühn es zum Gipfel empor, Mensch jener – dieser ein Gott.

So jubelte und lästerte der Papst.

Ich werde Juan zum weltlichen Herrscher Italiens machen. Cesare soll bald den Kardinalshut bekommen und mir einmal als Papst nachfolgen. Ich will den päpstlichen Thron erblich machen. Er soll in alle Zukunft den Borgia gehören. Cesare muß der dritte Borgiapapst werden.

Füttere Tauben, Kindchen, sagte er zu Lucrezia, die neben ihm auf dem Balkon des Vatikans stand und hinunter auf den Petersplatz sah, wo ein Hund und eine Hündin, die sich eben geliebt hatten, nicht auseinander kamen und sich schon zu hassen begannen –, füttere Tauben! Die Taube ist der mystische Vogel der Heiligen Dreifaltigkeit! Wir müssen ihm was zu picken geben.

Der Stier ist das heraldische Tier der Borgia. Pinturicchio muß in den Wohngemächern des Papstes Fresken malen, die die Prozessionen der Apisstiere darstellen. Rodrigo Borgia, nunmehr Papst Alexander VI., 66 veranstaltet zu Ehren seiner Wahl und zur Freude des italienischen Volkes und Pöbels

eine Corrida,

einen Stierkampf,

in den Ruinen des Colosseums, das zur Plaza de Toros wird.

Ich bin ein Spanier, sagt der Papst. Ich will meine spanischen Vergnügungen nicht mehr missen. Lange genug habe ich sie entbehren müssen. Ich will den Römern eine festa di Borgia geben. Cesare Borgia, sein Sohn, schritt in spanischer Tracht als Toreador an den Tribünen vorbei, mit gesenktem Degen, und die Herzen der schönen Frauen schlugen stärker, wo er vorbeikam.

Che bellezza!

Lucrezia warf ihm gelbe Rosen zu.

Sie saß links neben dem Papst in einer mit rotem Samt ausgeschlagenen Prunkloge. Rechts neben ihm saß Julia Farnese, in ihrer neunzehnjährigen Schönheit, die ihn bis zur Raserei entzündete. Sie versagte sich ihm noch immer. Der Papst hatte schon seine Zuflucht zur Mandragora, zum Liebestrank genommen, den sein Leibarzt aus einer von einem 67 schwarzen Hund bei Vollmondschein aus der Erde gezogenen Alraunwurzel gewonnen hatte. Aber der Trank hatte bisher nicht gewirkt.

Lucrezia wandte sich an den Papst:

Höre, papa di Roma e papa di Borgia, der Stier tut mir so leid. Gib ihm doch vor dem Tod noch eine Kuh. Es stirbt sich dann leichter.

Der Papst lachte.

Julia errötete.

Dein Wille geschehe – wie im Himmel, also auch auf Erden.

Er ließ drei Kühe in die Arena treiben, und alle drei besprang der rasende, tobende Stier.

Die Galerie brüllte.

Julia hielt die Augen geschlossen.

Dann wurden die Kühe hinausgetrieben und die Picadores ritten in die Arena. Sie reizten mit kurzen Lanzenstichen vom Pferd herab den Stier, der sie mit gesenkten Hörnern schnaubend anging.

68

Es kam der Schwarm der Banderilleros, zu Fuß; sie stießen dem Stier die mit Widerhaken versehenen Banderillas ins schon zuckende und blutende Fleisch. Mit dem Schwarm der Banderilleros kamen Schwärme von Fliegen, die sich in die Wunden des Stieres krallten oder ihn surrend umschwirrten.

Durch Schwingen roter Mäntel suchten Capeadores den Stier von einem gefährdeten Picador abzulenken.

Zu spät.

Der Stier hatte seinem Pferd schon die Hörner in den Bauch gebohrt und warf Pferd und Reiter wie Bälle in die Luft.

Mit seinen erhobenen Hörnern fing er den Picador auf, dem sie in den Rücken drangen. Dann schleuderte er ihn in den Sand, der sich rot zu färben begann.

Ein Entsetzensschrei brach aus dem Publikum, da kam Cesare Borgia gelaufen.

In der Linken trug er einen Stock, an dem ein Fetzen rotes Tuch flatterte, und mit dem er im Zickzack den Stier hier- und dorthin lenkte.

In der Rechten hielt er fest die Espada.

Als der rasende Stier gerade vor ihm stand und die Hörner senkte,

69

stieß Cesare ihm plötzlich den Degen zwischen den Hörnern durch.

Der Stier schwankte und zitterte.

Er hob den Kopf und sah mit glasigen Augen in die grelle Sonne.

Er fühlte noch einmal die wohlige Wärme des göttlichen Gestirns, dann brach die ewige Dunkelheit in seine Augen.

Er stürzte, von der riesigen Faust des Todes niedergedrückt, platt zu Boden.

Cesare hob den Degen und grüßte zur Papstloge.

Lucrezia war blaß vor Angst.

Der Papst war in der Erregung des Kampfes aufgestanden.

Jetzt klatschte er besessen in die Hände, und alles Volk fiel applaudierend ein.

Am nächsten Tag wurde Cesare, gegen den Willen des Kollegiums, mit dem Purpur des Kardinals geschmückt, obwohl er nie die Weihen empfangen hatte.

Cesare ging zum Barbier:

Scher mir eine Tonsur! Aber nicht zu groß! Damit ich sie bald wieder zuwachsen lassen kann! 70

XVI

Julia, die Schöne, liebte Orso, den einäugigen, den Sohn der Adriana.

Als der Papst davon erfuhr, richtete er ihnen eine prächtige Hochzeit und traute sie höchstselbst.

Alexander Farnese, Julias Bruder, ernannte er zum Kardinal. Der Volksmund pflegte ihn bald Kardinal Fregnese zu nennen.

Der Papst veranlaßte, daß das junge Ehepaar im Palaste San Martinelli Wohnung nahm, der dicht beim Vatikan gelegen ist. Eine Pforte führte von ihm in die vatikanischen Gärten.

In einer Vollmondnacht, ohne Alraunwurzel und schwarzen Hund, ergab sich Julia, die Junge, Alexander, dem Alten.

Orso, der Einäugige, erblindete.

Alexander Borgia ließ Julia Farnese als lebendige Heilige in feierlicher Prozession im Reliquienkasten einhertragen.

Alexander Borgia hatte das Vertrauen auf die Mandragora verloren und beschloß, in Zukunft wie bisher nur an sich selbst zu glauben und jedem andern Glauben abzusagen. 71

Während die Menschen seiner Zeit in Aberglauben verrannt waren, machte es Alexander Borgia von nun an Vergnügen, alle Dämonen der Unterwelt und Oberwelt keck herauszufordern.

Sein Schlafzimmer hing voll ausgestopfter Unglücksvögel, voll Eulen, Kuckucken, Fledermäusen.

Eine weiße Rose, die Totenblume, lag jeden Abend auf seinem Kopfkissen.

Er liebte es, im Kreise von dreizehn Personen zu speisen. Die Bestecke bei Tisch waren kreuzweise übereinandergelegt. Bei Beginn des Mahles pflegte er, scheinbar unachtsam, Wein auf das Tischtuch zu vergießen.

Er liebte es, wenn ihm Katzen über den Weg liefen.

Und freute sich, wenn er einer hübschen Nonne begegnete.

Meist nahm er sie gleich mit in den Vatikan, oder wenn es zu weit war, ging er mit ihr in die nächstgelegene Kirche, in einer Seitengalerie sich mit ihr zu vergnügen.

Der Deutsche Dr. jur. et theol. Johannes Burcardus aus Haßlach bei Straßburg schrieb über den neuen Papst ein Flugblatt in gemeiner deutscher Sprache, das in Deutschland weiteste Verbreitung fand und dem Papst viele Freunde gewann.

»Der neue babst ist ein man gross gemüets und grosser klugheit. Er ist ein nachfolger babst Calixti seines † vetters seliger gedechtnus in Weisheit tugent und aufrichtigem leben. In ime ist holdseligkeit, glawbwirdigkeit, gottesdienstlichkeit und kundschaft aller der ding, die zu einem solchen hohen stand gepürlich sind. Wir hoffen dass er dem gemaynen christlichen stand fürderlich und nutzper sein und über die geferlichen meerfelsen wandern und die himmlische glori ergreifen werd.«

Johannes Burcardus wurde alsbald vom Papst an den päpstlichen Hof, zum Schreiber im päpstlichen Zeremonienamt und zum Hofzeremonienmeister berufen.

Die Schriftsteller sind es, die den Ruhm machen, sagte er zu Cesare.

Johannes Burcardus war dem Papst devotest zugetan und untertan und führte ein schlichtes, ehrliches, deutsches Tagebuch der täglichen vatikanischen Begebenheiten.

Er aß und trank gern gut, besonders rote Weine, und zog sich neben der Gunst des Papstes eine dunkelrote Barberinonase und den Spottnamen Johannes der Säufer zu.

Aber in besonders wichtigen und diskreten Angelegenheiten traute der Papst auch ihm nicht. In solchen Fällen pflegte Alexander Borgia ihm zwei, drei Briefe mit dem entgegengesetzten Inhalt zu diktieren, und er ließ ihn im Ungewissen, welchen er schließlich abschickte.

XVII

Einige Tage nach seiner Wahl zum Papst beschied Alexander Cesare und Lucrezia in sein Schloß von Nepi.

Er schickte für einen Nachmittag sämtliche Bedienstete fort, und es blieb niemand im Haus als die drei Borgia.

Sie saßen im großen Saal um den großen Tisch, auf dem die Karte 74
Italiens, ein Globus und ein Totenkopf lagen.

Niemand lauschte ihnen als die dicken Mauern.

Ein Sonnenstrahl fiel durch das schmale Fenster auf den Scheitel Lucrezia, der hell aufleuchtete.

Mit Wohlgefallen betrachteten sie Alexander und Cesare.

Im Strahl tanzte eine grüne spanische Fliege.

Als der Papst die erste offizielle Messe las, bestiegen mit ihm die schönsten Frauen Roms die Sitze der Chorherren von Sankt Peter. Ich will die Priester, diese grauen Raben, nicht zu dicht vor mir sehen: sie riechen auch schlecht, die ungewaschenen Heiligen, mir und Gott wohlgefälliger sind die wohlduftende Julia Farnese, meine innigst Geliebte, meine Madonna, die ich malen lassen werde, mich selbst davor in Anbetung versunken, Lucrezia, mein Töchterchen, und all die anderen reizenden Rotkehlchen, Nachtigallen und Kolibris.

Sie zwitscherten und lächelten und lachten in seine Messe hinein. 75

Sie lächelten nach oben, er nach unten,

und Julia Farnese warf eine Kußhand in sein Amen. –

Unter dem Publikum, das die Kirche füllte und diese Messe mit Erstaunen teils und teils mit Abscheu sah, befand sich der Florentiner Mönch Fra Girolamo, der während der unheiligen Handlung ohnmächtig zu Boden stürzte und von seinen Nachbarn hinaus ins Freie getragen werden mußte. Sie ließen ihn zwischen den Säulen der Vorhalle liegen.

Als er erwachte und aus einem wahnwitzigen Traum zu erwachen glaubte,

stand er auf

und lehnte sich an eine Säule.

Die Tränen rannen ihm, als er wieder zu sich kam, und er umarmte die Säule und küßte sie.

O Säule! Wie froh bin ich, daß du kein Mensch bist! Sei auch du dessen froh! Du hast keine Augen, die Schande Roms und der Welt zu sehen. Du hast kein Herz, die Qual dieses Lebens zu empfinden.

O Stein, o kühler Stein, o lieber Stein! Kühle meine heiße Stirn, hinter der das Fieberbrennt und die Simsonsehnsucht, dich und alle Säulen 76 dieser Kirche an mich zu reißen, daß Sankt Peter über den Papst und seinen Päpstlingen krachend zusammenstürze!

Aber ach – er preßte seufzend die Säule an seine Brust –, ich bin zu schwach.

Zu schwach und zu feige.

XVIII

Audienz beim Papst.

In langer Reihe, vom Magister ceremoniarium, Hof- und Zeremonienmeister Burkhard geleitet, einem dürren, phlegmatischen Mann, der unfähig war, sich zu wundern, und alle Ereignisse des Lebens mit dem gleichen Gleichmut an sich vorüberziehen ließ –

so auch diese Reihe Menschen:

zogen sie vorüber und küßten auf türkische Art den Boden zu Seiner Heiligkeit Füßen – Geistliche, Nonnen, Ritter, Bauern, Frauen, Damen, Huren.

Auf letzteren weilte das Auge des Papstes mit besonderem Wohlgefallen.

Er sprach mit der einen und andern ein paar halblaute Worte, nannte eine jede Magdalena und bestellte sie in den Vatikan: die eine um vier, die andere um fünf, die dritte um sechs.

Man kann nicht zuviel von einem Gang vertragen. Abwechslung macht die Küche reizvoll. Ein Schnepfchen, ein Hühnchen, ein Täubchen! Das schmeckt. Aber drei Täubchen – die verderben einem den Magen. Als letzter der Reihe, der Papst wollte sich schon zurückziehen, trat der Florentiner Mönch Fra Girolamo auf ihn zu.

Er warf sich nicht wie die andern zu Boden. Er küßte nicht den Saum seines Mantels oder seine Sandalen.

Er blieb stehen, und in seinen glühenden Augen brannte eine Forderung mehr als ein Wunsch.

Der Papst räusperte sich:

Ja – also – du bist der Letzte. Was willst du, mein Sohn?

Der Mönch erwiderte:

Du bist der Erste – und siehe an – denke nach, was du tust.

Der Papst:

Willst du ein philosophisches Gespräch mit mir führen? Ich habe keine Zeit. Mein hohes Amt –

Du hast keine Zeit – und willst die Ewigkeit erringen und begreifen, die aus nichts als Zeit und Zeit und Zeit besteht? Man muß Zeit haben, um die Ewigkeit zu haben. Der Mönch sprach in einem singenden, melodischen Tonfall, der den Papst einzulullen begann.

Ja, ich höre, sagte der Papst, ich höre. Und er hörte den römischen Brunnen des vatikanischen Gartens rauschen.

Weißt du, fuhr der Mönch fort, wie tief du dein hohes Amt erniedrigt hast?

So tief, dachte der Papst, so tief – er war auf eine sonderbare Art bewegt, den Anklagen des Mönches widerstandslos beizupflichten.

Durch schändliche Simonie hast du die Tiara erworben – durch Stimmenkauf –, o Schande über die Kardinale, die sich kaufen ließen! Du handelst mit Kardinalshüten wie ein Mützenmacher, mit Hirtenstäben wie ein Schreiner. Du buhlst mit allen Huren Roms und nachts schläft der Teufel in weiblicher Gestalt bei dir. Du streust den verfluchten Samen der Borgia in alle Himmelsrichtungen. Zahllos und unzählbar sind deine Töchter und Söhne. Es gelüstet dich, auch sie zu verführen, Töchter und Söhne, du stillst deine Triebe ja nicht nur bei den Weibern – auch junge Burschen und Mönche und Ziegen und Hennen sind dir erwünscht. Es steht eine junge Stute in deinem Stall, sie wird in Milch gebadet und mit Wein abgerieben. Es ist deine Geliebte.

Borgia! Borgia! Steig hernieder vom angemaßten Thron und erweise Gott dem Herrn und Herrscher wieder die Ehre, die ihm gebührt. Laß freiwillig fahren, was deine Gold- und Machtgier sich angemaßt. Geh mit Cesare, mit Lucrezia und den Deinen aus freien Stücken in die Verbannung. Dann mag ein ökumenisches Konzil über den verwaisten Papstthron beschließen und ihm den würdigen Nachfolger Petri geben.

Der Papst hatte sich vom Sessel erhoben. Dann fiel er vor dem Mönch nieder und küßte den Saum seiner Soutane.

O – welch ein herrliches Gefühl war in ihm – wie süß, einmal erniedrigt zu sein – die Wonnen der Erniedrigung zu schmecken, getreten zu werden, beschimpft und bespien

wie einst Christus, als er sein eigenes Kreuz zur Richtstätte schleppte.

Ja, zertritt mich, schrie er zum Mönch empor, bespei mich, geißle mich mit Dornen und Ruten. Ich will tun, wie du gesagt. Von dannen gehen, in die Wüste fliehen. Erhebe doch die Faust und laß sie auf meinen tonsurierten Kopf niedersausen wie einen Hammer. Ich will dein Amboß sein. Speichel lief ihm aus den Mundecken.

Er fühlte, wie er der Erlösung nahe war – ah – jetzt – jetzt –

Apage, Satanas! schrie entsetzt der Mönch, schlug das Kreuz und floh.

Er sah nicht, wie der Papst sich erhoben hatte und ihm lächelnd eine geballte Faust nachsandte.

Auf den Korridoren des Vatikans begegnete Lucrezia dem Mönch, wie er umherirrte. Er fand den Ausgang nicht –

aus dem Vatikan nicht –

und nicht aus den Irrwegen seiner Seele.

Sie hielt ihn an:

Wo willst du hin? Zum Heiligen Vater?

Ich komme von ihm.

Nun, und jetzt?

Er verstummte.

Ihre Schönheit brannte wie eine Fackel in der Dämmerung vor ihm auf.

Möchtest du nicht auch der unheiligen Tochter des Heiligen Vaters deine Aufwartung machen?

Sie lächelte ihm zu.

In diesem Lächeln war Gewähren, noch ehe er verlangt hatte, Erfüllung noch vor der Sehnsucht, Liebe noch vor der Begierde.

Sie sah den Gang nach links und rechts schnell herauf.

Komm – und sie zog den nicht Widerstrebenden in eine Seitenkammer, die voller Gerümpel war: alte Bilder, Kommoden, Fahnen, Gipsabdrücke.

Sie riegelte ab.

Im Halbdunkel sah er eine nackte weiße Figur vor sich.

Es war ein Gipsabguß nach einer Statue, die Umberto von Lucrezia gemacht hatte.

Willst du den Stein, lächelte Lucrezia, oder willst du mich? Du darfst wählen!

O Stein, o kühler, lieber Stein!

Und er barg den Kopf in den Schoß der steinernen Lucrezia.

XIX

An Mariä Verkündigung zog der Papst im feierlichen Zug der Kardinale, Prälaten und Adeligen nach Santa Maria sopra Minerva.

Er hielt das Hochamt und schenkte nach alter Sitte hundertfünfzig armen Mädchen die Aussteuer.

Sie mußten nach Vollzug der feierlichen Handlung an Alexander vorüberziehn: ein Zug des Harmes, des Leides, der Häßlichkeit und Schönheit.

Alexander musterte sie sehr aufmerksam. Die fünf Schönsten beschied er zur Privataudienz in den Vatikan.

Auf dem Rückweg harrten die Juden an der Tiberbrücke geduckt und 85 demütig des Papstes. Sie waren aus den dunklen Winkeln ihres Ghettos gekrochen wie Maulwürfe.

Sie standen dichtgedrängt, wisperten und flüsterten.

Als der Papst über die Brücke geritten kam, warfen sie sich alle vor ihm nieder.

Der Älteste der Judenschaft, ein gewisser Ephraim, trat hervor und überreichte ihm die jüdische Gesetzesrolle, den in Gold gebundenen Pentateuch.

Er bat in devoten, wimmernden Worten, den Juden das Gesetz Mose zu bestätigen. Der Papst nahm die Rolle, betrachtete einen Augenblick wohlgefällig das Gold, zögerte, sprach:

Confirmamus, sed non consentimus – und ließ die Rolle in den Staub fallen.

Dann ritt er weiter.

Am Nachmittag des gleichen Tages mußten die Juden mit Pferden, Eseln, Büffeln um die Wette laufen.

Die Rennbahn ging vom Arco Domiziano bis zur Kirche San Marco.

Manche der Juden wurden vorher betrunken gemacht oder vollgestopft 86 wie Mastgänse, so daß sie während des Rennens zu kotzen und zu scheißen begannen.

Der Papst saß am Ziel bei der Kirche San Marco und lachte, daß ihm die Tränen über die Wangen liefen.

Den ersten Preis, ein Stück rotes Tuch, gewann ein Jude, der sich an den Schwanz eines Pferdes gekrallt hatte und kurz vorm Ziel auf das Pferd und über den Hals des Pferdes gesprungen war, so daß er als erster ankam.

Er wurde in einer gnädigen Laune des Papstes zum Fußkuß zugelassen.

Es wurde im Vatikan ein Kind geboren, von dem nach außen weder der Name der Mutter noch der des Vaters verlautbart wurde. Es erhielt in der heiligen Taufe, die der Papst selbst vornahm, den heidnischen Namen Narziß und wurde im Volke bald der römische Infant genannt.

Das Kind hatte sich der Gunst und Zärtlichkeit aller Borgia zu erfreuen.

Lucrezia hielt es oft auf den Armen, trug es im Garten umher und spielte mit ihm.

Cesare blieb, wenn es ihm mit der Amme begegnete, im Gang stehen und fuhr mit seiner schmalen Hand dem Kind fast innig über den zart beflaumten Hinterkopf.

Der Papst selbst kroch, als der Knabe älter wurde, mit ihm auf allen Vieren auf dem Fußboden herum, ließ ihn auf sich reiten und schnitzte ihm aus Weidenruten Flitzbogen und Pfeile, mit denen der kleine Narziß nach den Heiligenbildern schoß und manchen Sankt Paulus und Sankt Johannes in einen Sankt Sebastian verwandelte.

Im römischen Volk kam bald das Gerücht auf, der geheimnisvolle römische Infant sei der Sohn Lucrezias, ihrem blutschänderischen Verkehr mit Alexander oder Cesare entsprossen. Denn mit beiden, so munkelte man, unterhalte sie ein widernatürliches Liebesverhältnis; das spanische Blut rase und glühe in den Borgia bis zur Siedehitze und treibe sie einander zu wie brünstige Stiere zur brünstigen Kuh. Und so maßlos sei ihre verzehrende Gier, daß sie nur untereinander Erfüllung und Befriedigung fänden. So daß nur ein Borgia eine Borgia völlig zu lieben vermöge.

XX

Um diese Zeit sollte Lucrezia mit dem erlauchten Herrn Gasparro aus dem Hause Proscida vermählt werden.

Es gingen allerlei Gerüchte über die Art, wie der Plan dieser Eheschließung zustande gekommen sei und daß Lucrezia nach ihrem Vater mit dem Dolch geworfen habe.

Sie bildeten auch die stoffliche Veranlassung zu dem ersten großen, gegen die Borgia gerichteten Pamphlet, das in Flugblättern in Rom, Neapel, Florenz und bis nach Deutschland und Frankreich Verbreitung fand.

Der Titel lautete:

Idyll im Vatikan

Ein lustiges Trauerspiel
von
einem, der nicht den
Ehrgeiz hat,
genannt und – gehängt
zu werden

Garten des Vatikans   89

Lucrezia auf einer Schaukel. Ihre Gouvernante Julia. Alexander Borgia
sitzt an einem Steintisch, mit allerlei Dokumenten vor sich,
Gänsefeder, schreibt, rechnet, ißt währenddessen aus einem Korb
Kirschen.

ALEXANDER *aufblickend.* Du solltest nicht so unzart schaukeln, Lucrezia
– du hast ja fast nichts an – du bist ja halbnackt.
LUCREZIA. Die Nymphen – waren noch nackter –
ALEXANDER. Da hast du recht – aber damals war die Nacktheit etwas
Natürliches, und damals gingen die jungen Mädchen auch noch nicht
darauf aus, ihre Brüder und sogar Väter zu verführen.
LUCREZIA. Was soll das heißen?
ALEXANDER. Das heißt, was es heißt –
LUCREZIA *schaukelt.* Ich fliege – fliege –
JULIA. Bis in den Himmel –
LUCREZIA. Bis in die Hölle –
ALEXANDER *aufblickend.* Was soll das heißen?
LUCREZIA. Das heißt, was es heißt! –
ALEXANDER. Willst du es mir nicht erklären?   90
LUCREZIA. Wozu?
ALEXANDER. Man beantwortet nicht eine Frage mit einer zweiten
Frage. –
JULIA *zu Lucrezia.* Durchlaucht benehmen sich gegen Seine Heiligkeit
unqualifizierbar – un–qua–li–fi–zier–bar –
LUCREZIA. Beiß dir nicht die Zunge ab, Julia –

ALEXANDER. Wenn du dich schon gegen mich schlecht benimmst, so gewöhne dir gegen deine Erzieherin gefälligst ein anderes Betragen an.

LUCREZIA *schaukelt.*

ALEXANDER. Was hast du da vorhin gemeint, mit der Hölle?

LUCREZIA. Daß wir alle einmal hineinkommen –

ALEXANDER. Wer – wir alle?

LUCREZIA. Wir Borgia – an der Spitze Seine Heiligkeit Papst Alexander der Sechste – *Schaukelt.*

JULIA. Das – ist – ja – unerhört –. Tragen Seine Heiligkeit einer armen Piemonteserin nicht die grenzenlose Unerzogenheit Ihrer Durchlaucht nach. Ich bin zuweilen machtlos.

ALEXANDER. Das sind wir alle gegen dieses … Geschöpf –

LUCREZIA. Seine Heiligkeit haben mich ja – geschaffen, hätten mich eben anders machen sollen –

JULIA. Lucrezia – Sie sind ein Teufel –

LUCREZIA. Um so besser, dann brauche ich nicht erst einer zu werden – wie –

ALEXANDER. Wie?

JULIA. Nun –?

LUCREZIA *springt von der Schaukel.* Wie Cesare. *Zu Alexander.* Geben mir Eure Heiligkeit ein paar Kirschen ab – ich esse sie am liebsten leicht angefault – sind sie vergiftet? Ich hoffe nicht! *Spuckt Julia einen Kern ins Gesicht.*

JULIA. Eure Heiligkeit – ich bitte devotest um Entlassung aus dem päpstlichen Dienst – meine Menschenwürde wird hier in unqualifizierbarer Weise mit Füßen getreten! –

ALEXANDER *blickt auf Lucrezia.* Mit sehr hübschen Füßen –

LUCREZIA. Schau, Julia, sei gescheit und bleib hier. Was soll das heißen: du willst aus unsern Diensten treten? Glaubst du, daß du lebend nach Piemont zurückkehrst? Dann kennst du uns schlecht. Du weißt zuviel von uns, Julia, um uns nicht bei unsern Feinden gefährlich werden zu können. Seine Exzellenz Cesare Borgia und Seine Heiligkeit dort am Tisch würden dich nicht weit kommen lassen. An der ersten Tiberbrücke schon würde dir ein bedauernswerter Unfall zustoßen – kannst du schwimmen? Sicher nicht. Bleib bei mir, Julia. Ich rate dir gut. Ich behandle dich schlecht, aber ich laß dich wenigstens leben. Ja, ich hab dich sogar gern. Weil ich dich gern hab, muß ich dich quälen. Aber um dich quälen zu können, muß ich dich am Leben haben. *Streichelt sie.* Weine nicht, Julia. *Greift wieder in den Kirschenkorb.* Mit uns Borgia ist nicht gut Kirschen essen.

ALEXANDER. Für deine Jugend sprichst du wirklich anmaßend –

LUCREZIA. Soll ich damit warten, bis ich so alt bin wie Seine Heiligkeit? Ich hoffe bis dahin weniger anmaßend zu sein.

ALEXANDER. Wem soll ich dich eigentlich zwecks Bändigung überantworten? Einem Mann?

LUCREZIA. Eure Heiligkeit waren Manns genug, mich zu machen. Eure Heiligkeit sollten auch Manns genug sein, mich – zu bändigen.

ALEXANDER *nimmt sein Käppi ab und wischt sich die Glatze.* Nein – nein – Lucrezia – damals, als ich dich machte, bin ich mit dir fertig geworden – seitdem, straf mich Gott, nicht mehr.

LUCREZIA. Ja, Gott hat dich gestraft. Mit Cesare und mit mir.

ALEXANDER. Hast du einmal daran gedacht, dich zu verheiraten?

LUCREZIA. Oft.

ALEXANDER. Mit wem, wenn man fragen darf?

LUCREZIA. Mit Cesare –

ALEXANDER. Mit Cesare? Bist du ganz von Sinnen? Cesare ist dein Bruder –

LUCREZIA. Nun – und warum nicht? Er gefällt mir von allen Männern am besten.

ALEXANDER. Kein Kompliment für mich. Hüte dich, ihm das auch nur zu sagen. Er ist sowieso schon größenwahnsinnig und eingebildet genug –

LUCREZIA. Eure Heiligkeit sind auch nichtuneitel. Ich meine, wir Borgia sollten ganz unter uns bleiben – wir sollten auch nur von uns selbst Kinder bekommen – Borgia – immer nur Borgia – kein Tropfen fremdes Blut sollte in das unsere dringen – ich liebe auch Cesare nicht – auch Seine Heiligkeit nicht – aber die andern Menschen – die – die hasse ich – ja, ich hasse sie – und je mehr ihrer vernichtet werden, um so besser. Möchten Eure Heiligkeit nicht mir zuliebe einen kleinen Krieg anfangen? Geld ist doch in der Kasse, und wenn Geld da ist – finden sich auch Menschen, die sich dafür totschlagen lassen – geben mir Eure Heiligkeit ein paar tausend Dukaten, und ich führe selbst Krieg – ich weiß, Eure Heiligkeit sind geizig – *leihen* mir Eure Heiligkeit das Geld – ich zahle es von den Plünderungen zurück –

ALEXANDER. Du bist entsetzlich, Lucrezia – und du weißt es nicht –

LUCREZIA. Eure Heiligkeit bekommen moralische Anwandlungen? O! O! Eure Heiligkeit sind vergeßlich.

Darf ich Sie erinnern?

ALEXANDER *hält sich die Ohren zu.* Sei still –

97

Cesare kommt.

CESARE. Gut geschlafen, Alterchen? Morgen, Lucrezia –

ALEXANDER. Schlecht geschlafen – dieses – Kind … da macht mir so viel Sorgen, daß ich nachts stundenlang wach liege.

CESARE. Unsere kleine Lucrezia? Aber Lucrezia, du solltest Papa nicht solche Sorgen machen –

LUCREZIA. Wenn ich Seiner Heiligkeit keine Sorgen mache, so macht sie ihm jemand anders. Das kommt auf eins heraus. Seine Heiligkeit sind Hypochonder.

ALEXANDER. Sie nimmt mich nicht ernst, Cesare. Ein Kind, das seinen Vater nicht ernst nimmt. Furchtbar! Die Welt ist reif zum Untergang.

LUCREZIA. Wir Borgia tun jedenfalls alles, um sie dafür reif zu machen.

CESARE. Wenn sie dich nicht ernst nimmt, darfst du ihr auch nicht die Ehre erweisen, sie ernst zu nehmen, Papa.

ALEXANDER *jammernd.* Sie nicht ernst nehmen – heißt, sie komisch nehmen – und damit tut man ihr nur wieder einen Gefallen – denn

98

sie wird die tollsten Dinge anstellen, unter dem Vorwand, daß das alles komisch gemeint sei. Schließlich wird sie alle Kardinäle bezaubern oder bestechen – sie werden sie zum Papst wählen – zur Päpstin Lucrezia – meine Wahl wird für ungültig erklärt werden – sie wird uns noch alle unter die Erde bringen –

CESARE. Wenn wir es nicht vorziehen, sie vorher unter die Erde zu bringen –

LUCREZIA *lacht.*

ALEXANDER. Lach nicht!

LUCREZIA *lächelt.*

ALEXANDER. Lächle nicht! Dieses süffisante Lächeln macht mich ganz nervös.

LUCREZIA. Eure Heiligkeit sollten wegen Ihrer Nervosität Ihren Leibarzt konsultieren.

ALEXANDER. Cesare – hör dir dies an – so muß sich der oberste Hirte der christlichen Herde von seinem letzten Schaf behandeln lassen.

CESARE. Lucrezia – man müßte dich schlagen.

LUCREZIA *blitzend, reißt ihm seinen Dolch aus dem Gehenk.* Wag's! *Setzt ihm den Dolch an die Kehle, wirft den Dolch fort.* 99

ALEXANDER. Sie muß heiraten. Sie hat zu hitziges Blut.

CESARE. Du hast recht. Es gibt nur zweierlei: sie vergiften – oder sie verheiraten.

ALEXANDER. Hier – hier ist die Liste der römischen und außerrömischen Edelleute – ich ging sie gerade durch, um zu sehen, ob nicht der eine oder andere zu höherer Steuer an den päpstlichen Stuhl veranlagt werden könnte. – Wer kommt als Mann für Lucrezia in Betracht? Ein Barberini? Ein Malatesta? Ein Sforza – haben wir schon gehabt – ein Medici – sind heruntergekommen – ein Orsini – sind mit uns böse – ein Colonna – dito – ein Este – hätte was für sich – ein Aragon – war nicht so übel, verwandt mit dem Königshaus von Neapel – ein Rovere – ein Proscida –

LUCREZIA *hat den Dolch wieder aufgehoben.* Ich mache Euch einen Vorschlag. Wir wollen das Gottesurteil sprechen lassen. Cesare, halte die Liste der Adeligen dort an den Baum –

CESARE. Weshalb? 100

LUCREZIA. Du wirst sehen. Va bene. So, und jetzt werf ich mit dem Messer nach der Liste, und wen ich treffe – den heirate ich.

CESARE. Und wenn er schon verheiratet ist?

LUCREZIA. Wird Seine Heiligkeit die erste Ehe kraft seiner apostolischen Machtvollkommenheit trennen und die zweite Ehe segnen –

ALEXANDER. Sie verfügt über mich wie über ein Stück Vieh –

LUCREZIA. Ein Stück Vieh – das du bist – *Wirft das Messer und trifft Alexander, der neben dem Baum stand, in die Brust.*

ALEXANDER. Hilfe! Ich bin ermordet! *Sinkt ohnmächtig zu Boden.*

CESARE. Lucrezia!!

LUCREZIA *läuft zu Alexander, kniet nieder.* Ist er tot? Ist er tot? Oh, wie ich ihn hasse, der mich in dieses Leben hineingestoßen hat – ohne mich zu fragen, ob ich seine Tochter werden wollte – o Gott im Himmel – wenn du bist – und wenn du den Schrei einer Borgia hörst – und dir vor ihm nicht die Ohren verstopfst – o laß ihn tot sein – laß ihn nicht mehr aufwachen zu neuen Schandtaten und neuen 101 Greueln – o ich bin schon ganz behangen mit Schmerzen wie mit Perlenschnüren – ich bin ja ganz elend, Gott, ganz schlecht, weil er so schlecht ist, der mich schlecht gemacht hat – gestern Nacht ist er zu mir gekommen – zu mir geschlichen auf seinen feisten Sohlen – mich – mich wollte er vergewaltigen – seine Tochter – o Cesare, Bruder, wie hab ich nach dir gerufen und gewünscht, daß du mein Mann wärst, ihm den Degen durch den fetten Bauch zu rennen – Cesare – hilf mir doch – er ist ja gar nicht schwach – er tut nur schwach – er heuchelt selbst seine Schwäche, um uns zu belügen – um mit uns zu spielen – wie er mit allen Menschen spielt –

ALEXANDER *schwach.* Cesare –

LUCREZIA. Er lebt –

CESARE. Vater –?

ALEXANDER. Was ist mit mir geschehen?

CESARE. Nichts – nichts Schlimmes – Lucrezia wird sofort den Leibarzt rufen – der Dolch ist nur in die obere Brust gefahren – über dem Herzen – ein paar Tage Ruhe – und alles ist wie zuvor –

LUCREZIA. Und alles ist wie zuvor –

ALEXANDER. Wie ist denn das Messer in meine Brust gekommen? Sind Meuchelmörder im Palast?

CESARE. Keine Meuchelmörder! Nur gute Freunde –

ALEXANDER. Und wer hat das Messer geworfen?

LUCREZIA. Ich –

CESARE. Ja – Lucrezia – Lucrezia hat das Messer geworfen –

ALEXANDER. Lucrezia – –?

CESARE. Es war ein schreckliches Versehen, das, Gott im Himmel sei Dank, noch glimpflich abgegangen. Lucrezia hat mit dem Messer sich ihren Gatten stechen wollen – und hat dich getroffen –

LUCREZIA. Verzeihen mir Eure Heiligkeit –?

ALEXANDER. Ich segne dich, mein Kind, mit dem päpstlichen Segen.

LUCREZIA *küßt die Hand, die segnete.*

ALEXANDER. Und wen geben wir dem Kind zum Mann? Denn es muß schleunigst einen Mann haben – nach dem es künftig das Messer werfen kann – wenn sie die Lust dazu anwandelt –

CESARE. Ja – müßte man nicht Lucrezia nach ihren etwaigen Wünschen befragen –?

LUCREZIA. Hier ist ein Tropfen Blut auf die Liste gespritzt – auf den Namen des Gasparro Proscida. Ihn werde ich heiraten. Denn wir sind Blutsverwandte geworden –

ALEXANDER. Ist er verheiratet –?

CESARE. Er ist Junggeselle, 25 Jahre – reich an Einfluß und Vermögen, schön an Gesicht, edel an Gestalt – Lucrezia, du konntest nicht besser wählen –

ALEXANDER. Man soll einen Geheimkurier aus der vatikanischen Kanzlei mit unserm strengen Befehl sogleich an ihn senden, sich hier einzufinden und um die Hand unserer geliebten, einzigen Tochter Lucrezia anzuhalten. *Zu Lucrezia.* Bist du's zufrieden, Kind?

LUCREZIA. Ich bin's. *Zu dem auftretenden Kurier.* Seine Heiligkeit ist durch Gottes unerforschlichen Ratschluß soeben aus schwerer Lebensgefahr gerettet worden. Laßt alle Glocken der Heiligen Stadt zum Dank ein Tedeum läuten!

ALEXANDER. Amen!

Glocken beginnen zu läuten. 104

XXI

Lucrezia und ihr präsumptiver Bräutigam begegnen sich zum ersten Male. Er ergreift ihre kleine, schmale Hand.

Darf ich diese schöne Hand für ewig halten? Ewig ist ein großes Wort –

Lebenslang –

Welches Leben lang? Es gibt Leben, die sehr kurz währen. Wollen Sie nicht Platz nehmen, Fürst?

Ich danke, Prinzessin. Wollen Sie mir gestatten, stehen zu bleiben?

Sie werden ermüden.

Nicht so leicht. Principessa, ich hörte vor einer halben Stunde von Ihrem Wunsche, mich zu heiraten.

Wird Ihnen die Erfüllung dieses Wunsches schwer?

Es wird mir schwer, die Wahrheit zu sagen.

Warum?

Man hat sich heutzutage leicht an die Lüge gewöhnt.

Wer?

Wir alle –

Sie meinen, niemand sagt mehr die Wahrheit? 105

Nein, niemand –

Auch ich nicht?

Ich maße mir nicht an, der Schönheit den Spiegel der Wahrheit entgegenzuhalten.

Ich heiße nicht Bella und nicht Vera, sondern Lucrezia.

Und sagen Sie die Wahrheit?

Leider nein.

Weshalb nicht?

Weil man die Wahrheit nicht sagen darf –

Und wer verbietet Ihnen, die Wahrheit zu sagen?

Die Vernunft.

Beten Sie zur Göttin der Vernunft?

Ich treibe keinen Götzendienst. Aber angenommen, ich ginge Ihnen mit gutem Beispiele voran?

Voran – wohin?

Den Weg der Wahrheit – würden Sie folgen?

Wenn er keine Fallen – keine Wolfsgruben enthält – vielleicht –

Vielleicht?

Lucrezia sieht ihn lange an.

Er lenkt ein:

Nein: sicher. Ich würde Ihnen sicher folgen, wenn ich Ihnen – vertrauen dürfte –

Nun, Sie dürfen –

Sie wollten vorangehen –

Gut. Also hören Sie.

Lucrezias Augen begannen aufzuleuchten. Ich habe Sie zu meinem Gatten erwählt, nicht, weil ich Sie liebe. Ich kenne Sie gar nicht. Und liebe Sie so wenig wie einen andern Menschen. Ich liebe nicht einmal mich. Aber ich wollte ein Ende machen mit diesem Leben hier im Vatikan. Ich wollte hinaus aus dieser Atmosphäre der Borgia. Das ist nichts für schwache Naturen. Und ich bin schwach. Es ergab sich eine Gelegenheit. Ich griff zu – und halte Sie – Sie hält seine Hände, die er ihr entzieht.

Sie drängt:

Jetzt sind Sie an der Reihe.

Er beginnt stockend:

Nun denn – so werde ich Ihnen die Wahrheit sagen – Als die Botschaft Ihres Vaters kam – da erschrak ich – mein Name und mein Vermögen stehen längst auf der Proskriptionsliste – mein Tod würde ihm nur gelegen kommen – ihm und seinem Sohn. Ich dachte, es ginge zu Ende. Ich nahm zuhause Abschied von den Meinen, als ginge es zum Tod. Ich komme hierher und erfahre zu meiner Verwunderung, daß die Einladung keine Falle ist, daß keine Dolche und Cantarellas auf mich lauern – daß ich Sie wirklich heiraten soll. Welche Ehre! Aber ich weiß den Grund nicht, weshalb ich ihrer gewürdigt werde, denn ich glaube Ihnen nicht. Sie sind eine Borgia. Das Volk fürchtet die Borgia. Das Volk haßt die Borgia –

Gehören Sie zum Volk?

Und ich, ich verachte die Borgia. Ja, ich verachte sie –

Er atmete tief auf und sah ihr klar in die Augen, die sich mit Tränen füllten.

Sie haben recht, uns zu verachten. Wir werden ja wie – wie Geißeln über der Menschheit geschwungen. Aber man schwingt uns. Sie haben recht – ich bin es nicht wert, Ihren Namen zu tragen –

Sie demütigen sich vor mir – aber ich kann Ihrer Demut nicht trauen. Wenn die Borgia demütig tun, steckt eine Perfidie dahinter. Besitzen Sie 108 gar die Perfidie – die Wahrheit zu sagen?

Lucrezia:

Nein – ich habe vorhin gelogen – jetzt will ich die Wahrheit sagen: Ich liebe Sie. Ich liebe Sie! Weil ich Sie liebte – längst liebte – habe ich Sie zum Gatten gewählt – habe ich diese unwürdige Komödie gespielt –

Der Prinz war verblüfft:

Aber Sie kannten mich doch gar nicht?

Lucrezia stammelte:

Doch – doch – von meinem Fenster habe ich Sie beobachtet, wenn Sie jeden Morgen vorüberritten.

Aber ich bin *nie* an Ihrem Fenster vorübergeritten –

So nehmen Sie mich doch in Ihren Arm! Warum küssen Sie mich nicht?

Sie lügen jetzt – wie Sie vorher gelogen haben. Man befiehlt mir, Sie zu heiraten. Gut. Sie zu lieben, kann keine Gewalt der Erde mich zwingen.

So hassen Sie mich?

Ich bedaure Sie. Ich habe Mitleid mit Ihnen. – 109

Mitleid? So schwach bin ich nicht. Aber es ist wahr. Ich habe gelogen. Ich habe den ganzen Tag gelogen. Und jetzt will ich Farbe bekennen. Ich habe mir einen Scherz erlaubt. Einen Spaß, wie wir Borgia ihn uns erlauben. Ich wollte Sie auf die Probe stellen. Sie konspirieren gegen uns.

Sie stecken mit den Orsini und den Colonna unter einer Decke. Sie sind ein Rebell.

Ich fürchte den Tod nicht.

Keine Angst. So einfach rächen wir Borgia uns nicht. Sie sollen am Leben bleiben.

Lucrezia klatschte in die Hände. Die alte dicke Amme Julia erschien.

Julia – darf ich dir deinen Verlobten, den Herrn Gasparro Proscida vorstellen? Er hat bei mir um deine Hand angehalten. Er ist versessen nach dir. Er kann den Hochzeitsabend nicht erwarten. Ich selbst werde euch das Brautbett bereiten, und Seine Heiligkeit, der Papst in eigener allerhöchster Person, wird euch mit dem apostolischen Segen segnen.

Julia war tief errötet und sah verlegen zu Boden.

Der Fürst war erbleicht:

Wenn der Teufel sich bemühen wollte, Donna Lucrezia, in Euch zu fahren – er würde keinen Unterschlupf finden. So seid Ihr voller Teufeleien. –

Der schon aufgesetzte Ehevertrag zwischen Lucrezia und Don Caspar wurde am 10. Juni für null und nichtig erklärt. Am 20. Juni wurde der Ehevertrag zwischen Lucrezia und dem Prinzen Alfonso von Aragon geschlossen.

XXII

Dschem, ein blutjunger türkischer Prinz, ein Bruder des Sultans, geriet in die Hände des Papstes, die sofort zupackten und ihn festhielten.

Man weiß nie, wozu man ihn einmal verwenden kann.

Um Lösegeld zu erpressen.

Um ihn als Geisel zu verwenden.

Chi sa.

Dem römischen Volk ein Schauspiel zu bieten, ließ er den Türken in Rom feierlich einziehen.

Der Prinz ritt auf einem edlen, kostbaren Kamel und verneigte sich zeremoniell nach allen Seiten, wo der Pöbel stand und Scherzworte und Gelächter zu ihm emporwarf.

Dem Prinzen folgten, von türkischen Wächtern geführt, Giraffen, Löwen und Leoparden.

Ein kleiner Gepard lief aus der Reihe und haschte sich mit einem schmutzigen weißen Spitz.

Im Vatikan wurde der Prinz zeremoniös empfangen.

Das Statut hatte Johannes Burkhard ausgearbeitet, denn es gab kein Präjudiz dafür.

Der Prinz trat auf Lucrezia zu, verneigte sich und sprach: Selam – y aleiküm! – Güselzin!

Lucrezia lächelte hilflos:

Ich verstehe Euch nicht.

Dschem fragte:

Naszyl?

Und, auf Cesare deutend:

Bu adam kim dir?

Cesare rührte sich nicht, und Dschem knirschte etwas zwischen den Zähnen wie Aerbijeszis. Und rief:

Asikar düsman gisli düsman – dan ejidir! 112

Der Papst, der sah, wie der Prinz hilflos zwischen Cesare und Lucrezia hin- und herschwankte, sagte:

Die türkische Sprache, hab ich mir melden lassen, kennt keinen grammatischen Geschlechtsunterschied. Deshalb kann Dschem wohl Mann und Frau nicht unterscheiden. Nun, man wird es ihm in Rom vielleicht bald beibringen. Er ist ja noch jung genug.

XXIII

Nach Florenz zurückgekehrt, begann Fra Girolamo von der großen Buhlerin Rom, vom Pfuhl alles Übels, zu predigen. Wir müssen, so verkündete er, bei uns selbst anfangen. Wir können von der Welt keine Besserung verlangen, wenn wir uns selbst nicht bessern. Wollen wir die Kirche reformieren an Haupt und Gliedern – so müssen wir mit der Reformation bei uns, bei dem Orden der Dominikaner, beginnen. Und so groß war seine geistige Gewalt, daß das Kloster San Marco und alle Dominikanerklöster Toscanas aus freien Stücken eine Reinigung der 115 Sitten und Gebräuche unternahmen.

Fra Girolamo predigte zuerst in einer kleinen Gasse, danach auf einem Platz. Danach in der Kirche von San Marco, und als diese zu klein wurde für die Fülle der Hörer, im Dom von Florenz.

Zu seinen eifrigsten Zuhörern gehörte der junge Michel Angelo Buonarotti, ein Bildhauer seines Zeichens und Lehrling in der von Lorenzo di Medici errichteten Kunstschule. Die apokalyptischen Predigten des Frate kamen seiner melancholischen Natur entgegen. Er zeichnete am liebsten das jüngste Gericht.

Lorenzo von Medici, il magnifico selbst, kam eines Tages, Fra Girolamo zu hören, kniff die kurzsichtigen Augen zusammen und lauschte.

Einige Wochen darauf lag er in Careggi im Sterben.

Er ließ Fra Girolamo rufen.

Ich kenne keinen wahren Mönch außer dir. Erteile mir die Absolution!

116 Fra Girolamo sprach: Drei Dinge mußt du haben – erstens den wahren und lebendigen Glauben, zum zweiten die Idee des ewigen Friedens und zum dritten den unbeugsamen Willen zur Verwirklichung der Freiheit.

Da sah ihn Lorenzo, der Tyrann, starr an und drehte sich zur Wand.

Ohne ihm die Beichte abgenommen und ihm Absolution erteilt zu haben, kehrte Fra Girolamo nach Florenz zurück.

XXIV

Der eitle und kränkliche Piero di Medici folgt Lorenzo in der Regentschaft von Florenz.

Sein Hauptvergnügen besteht darin, in den öffentlichen Straßen mit seinen Kavalieren und Kurtisanen Ball zu spielen.

Eines Tages fällt ein Ball, von Piero di Medici geschleudert, durch ein Fenster von Kirche Santa Maria del Fiore, wo Fra Girolamo gerade predigt.

Der Frate ergreift den Ball und zertritt ihn auf dem steinernen Fußboden der Kirche.

117 So wird Gott Florenz zertreten, wenn du dich nicht ermannst, Volk von Florenz! Wie lange willst du noch mit dir spielen lassen! –

Piero kann die Zügel des Regimentes nicht halten.

Sie schleifen ihm am Boden nach.

Das Bankhaus der Medici gerät in Schwierigkeiten.

Piero kündigt zahlreiche, von seinem Vater angesehenen Florentinern eingeräumte Kredite.

Es sind schlechte Handelszeiten.

Viele achtbare Kaufleute gehen fallit.

Die Armen und Ärmsten beginnen zu hungern.

Es gab eine Mißernte. Bauern zogen scharenweise in die Stadt, Arbeit zu suchen, die sie nicht fanden.

Die Getreidepreise stiegen von Tag zu Tag.

Der Stajo kletterte von 34 auf 60 Soldi. Die Abneigung gegen Piero wächst.

Als die Hungersnot kein Ende nahm, predigte Fra Girolamo und befahl, »den Tag des Almosens« abzuhalten: in Santa Maria del Fiore, in Santa Maria Novella und in Santo Spirito.

In allen Kirchen war ein besonderer Altar errichtet, der »Altar der Armut«. Und es kamen die wohlhabenden Bürger und Bürgerinnen, vom Frater in ihrem Gewissen aufgerüttelt, und lieferten auf dem Altar der Armut ab: Perlen, Brillanten, Goldketten und Ringe, silberne Schüsseln, Seidenkleider, Samt- und Wollstoffe.

Aber Piero di Medici war nicht unter denen, die Almosen gaben.

Da zog das Volk vor seinen Palast und schrie:

Liefere ab, liefere ab –

Liefere deine Waffen ab –

Liefere deine Krone ab –

Liefere deine Regentschaft ab –

Die apokalyptischen Predigten und düsteren Prophezeiungen des Fra Girolamo hatten eine gewaltige Wirkung auf das florentinische Volk.

Die Mädchen und Frauen legten ihre bunten Gewänder ab, und statt Rot, Grün, Violett, Gelb sah man nur noch Grau und Schwarz auf der Piazza.

Viele Männer gingen in braunen, leinenen Kutten, manche mit einem Strick um den Hals, um zu zeigen, daß sie im Grunde ihrer Seele demütig waren und vor Gott nichts anderes verdienten, als aufgehängt zu werden.

Wenn Fra Girolamo in Santa Maria del Fiore predigte, wies er Männern und Frauen getrennte Plätze an. Sie durften sich nicht miteinander vermischen.

Es kamen auch viele Männer in ihrer Not zu den Wundärzten gelaufen mit der Bitte, sie zu kurieren. Sie hatten sich mit rohen Instrumenten, Küchenmessern und spitzen Feldsteinen selbst kastriert und sich schlechtheilende Wunden beigebracht.

XXV

Der Papst, der von den »Unglücksprophezeiungen« Fra Girolamos und seinen geharnischten Predigten »wider den Antichrist« (womit er Alexander Borgia meinte) durch seine Spitzel vernahm und erfuhr, wie er die Gemüter der Gläubigen erschüttere, trommelte nervös mit den Fingerknöcheln an das Fenster seines Arbeitszimmers im Vatikan.

Dieser Savonarola! Ein Lügner!

Ich hätte mich für die Kirche nicht eingesetzt? Habe ich nicht persönlich für Santa Maria del Popolo eine Orgel und einen Altar gestiftet und die rissige Decke in Santa Maria Maggiore erneuern lassen? Und habe ich nicht die Macht der Kirche befestigt, indem ich die Engelsburg mit Festungswerken, Gräben, Schießscharten, großen und kleinen Türmen versehen habe?

Die Engelsburg, das Zentrum des Vatikans, ist uneinnehmbar!

Unverrückbar steht Petri Felsen, auf dem sie errichtet ist.

Ich könnte aber einigen reichen Bankiers und Handelsherren hier in Rom, die aus Florenz stammen, die Hölle heiß machen, indem ich ihnen mit Konfiskation ihres Vermögens drohe, falls sie nicht ihren ganzen Einfluß bei ihren Florentiner Mitbürgern aufbieten, diesen wahnsinnigen Dominikanerpater zu ducken und unschädlich zu machen. –

Es kam ihm aber noch ein lustiger, ein listiger Gedanke, den Pater zu bekämpfen, und er mußte so lachen, daß er sich in einen Sessel fallen ließ.

Das Volk liebt gräßliche Prophezeiungen, ob sie nun eintreffen oder nicht. Ihm gruselt gern. Wir werden jemand nach Florenz schicken, der noch viel entsetzlichere Unglücksfälle voraussagt als dieser biedere Hund Gottes.

Und er schickte einen gutmütigen, dicken, etwas asthmatischen Franziskanerpater, Domenico da Ponzo, nach Florenz und erwirkte ihm die Erlaubnis, von der Domkanzel zu predigen.

Prophezeite nun Fra Girolamo in der Kirche eine Wassersnot, so weissagte Fra Domenico, schwer atmend, gleich darauf im Dom eine baldige Sintflut. Weissagte Fra Girolamo den Untergang Italiens und den Einzug eines fremden Königs in Italien, eines neuen Cyrus, so tat es Fra Domenico nicht unter einem Weltuntergang. Der Franziskaner vermochte aber noch ein übriges, die Florentiner über Fra Girolamo aufzuklären. Woher Fra Girolamo seine Prophezeiungen und Weisheiten hat, das will ich euch sagen: ganz einfach durch den Bruch des Beichtgeheimnisses. Die Brüder seines Ordens erzählen ihm von den Beichten ihrer Beichtkinder, und er hat dann diesen leichtgläubigen Schafen leicht erzählen, was wunders er von ihnen wisse. Und so kommt er in den Geruch der Allwissenheit. E vero –? Das Volk lief von Fra Girolamo zu Fra Domenico und von Fra Domenico zu Fra Girolamo und wußte bald nicht mehr aus und ein vor lauter Trübsal, bis Piero di Medici das Auftreten beider Prediger für eine Zeitlang verbot.

122

Die Florentiner vertrieben Piero di Medici, der ihr Herr gewesen war nach Lodovico. Fra Girolamo hatte seine Herrschaft als teuflisch und tyrannisch gegeißelt und gepredigt, daß Florenz eine freie Republik sein müsse, in der das Volk sich selbst gebiete und gehorche.

Er arbeitete selbst eine Verfassung aus und legte sie der Signoria vor, die sie auch akzeptierte.

Das Motto war:

Popolo e libertà!

123

Und in allen Gassen von Florenz gab bald ein Echo das andere:

Popolo e libertà!

XXVI

Fra Girolamo predigte: Es kommt, ihr Brüder, nur auf den Glauben an, den Glauben, der Berge versetzt – und Gold und Edelsteine, um dafür des himmlischen Goldes teilhaftig zu werden. Wissen ist ein Ding des Tages und der Stunde. Was ich heute weiß, weiß ich morgen schon nicht mehr, die Wissenschaft findet heute Gesetze, die ewig gültig zu sein scheinen – und morgen findet sie andere Gesetze, die den ersten diametral entgegengesetzt sind. Welches Gesetz gilt nun? Das von gestern oder das von heute? Es gilt das von vorgestern und das von übermorgen, ihr meine Brüder! Das Gesetz Gottes: der christliche Glaube. Ein altes Weib, das im christlichen Glauben verharrt, weiß mehr von der Welt als Plato und Aristoteles zusammengenommen. Ein unwissendes kleines Kind

124

weiß mehr als alle Weisheit der Philosophen. Warum das? Weil es rein ist. Denn die Reinheit ist der Erde Richtmaß. Wenn die Kinder das Regiment der Welt ergriffen haben werden, wird Christus zurückkehren. Er wird im Triumph zu euch zurückkehren, gewiesen von den Kindern: geführt von den drei christlichen und den vier Kardinaltugenden.

In einem Schiffwagen wird er dahergefahren kommen, gezogen von den vier mystischen Tieren. Patriarchen, Propheten und Apostel gehen zu beiden Seiten. Dem Wagen folgen die Märtyrer und Heiligen, dann die Priester und dann das unabsehbare Volk der Christen.

Aber als letztes wird im Zug schreiten ein schwarzes Pferd, schwarz schabrackiert. Das wird den entseelten, seelenlosen Leichnam des Antichrists schleifen: den Leichnam Alexander Borgias, dessen Seele der Teufel geholt.

Wir müssen einen Scheiterhaufen auf dem Signorenplatz aufrichten und alle Symbole einer verrotteten und verlorenen Zeit verbrennen.

Aber nur reine, unbefleckte Hände dürfen die unsittlichen und unzüchtigen Gebilde in Empfang nehmen und dem reinigenden Feuer überantworten:

Es sind die Hände der Kinder!

Auf die Predigt Fra Girolamos gingen Hunderte von Kindern von Haus zu Haus und forderten »allen Tand der irdischen Welt« für den Scheiterhaufen.

Sie fuhren in kleinen Handkarren zum Signorenplatz: Karnevalsmasken und Karnevalskleider, Spiegel, Harfen, Schachbretter, Spielkarten, Gemälde nackter und halbnackter Frauen, darunter auch eines von Lucrezia Borgia. Dann Bücher der zu verdammenden Dichter: Boccaccios Dekameron, Petrarcas Sonette, Ovids Ars amandi, Tibulls Elegien, Catulls Liebeslieder –.

Unter Gesang warfen die Kinder alles in den flammenden Scheiterhaufen und tanzten einen Ringelreihen darum.

Fra Girolamo selbst warf, als der Scheiterhaufen schon halb niedergebrannt war, noch ein Porträt des Papstes Alexander in die glühende Asche.

Fahre zur Hölle, Satanas!

Das Bild loderte hell auf.

XXVII

Bei Fra Girolamo, der, im Gebet verloren, in karger Zelle auf seinem Schemel kniete, ließ sich ein junger, anonymer Römer melden, der ihn dringend unter vier Augen zu sprechen wünsche.

Fra Girolamo öffnete die Tür seiner Zelle und bat den jungen Mann, einzutreten.

Der junge Mann wartete höflich, bis der Frater ihn zum Sitzen eingeladen.

Es war nur ein Schemel in der Zelle. Girolamo setzte sich auf den Bettrand.

Der junge Mann, der einen offenen, klaren Blick, eine hohe Stirn und ein feines, zurückhaltendes Benehmen zeigte, eröffnete das Gespräch:

Ich muß Ihnen zuerst meinen Namen nennen. Denn ich kenne Sie – aber Sie kennen mich nicht. Ich heiße Cesare Borgia. Fra Girolamo fuhr vom Bettrand auf. Cesare hob seine schöne, schlanke Hand: Erschrecken Sie nicht. Ich bin inkognito in Florenz. Ihretwegen. Ich fresse Sie nicht. Ich habe auch keine Waffe bei mir. 127

Der Pater wehrte ab.

Ich fürchte Sie nicht.

Cesare verneigte sich höflich.

Um so schlimmer für Sie. *Ich* unterschätze Sie nicht.

Fra Girolamo ging einmal in der Zelle auf und ab und blieb vor dem Kruzifix und der ewigen Lampe stehen.

Das Licht der Ewigen Lampe zitterte unruhig.

Dann wandte er sich plötzlich Cesare zu:

Was wünschen Sie von mir?

Cesare:

Friede. Friede zwischen Ihnen und den Borgia.

Girolamo begehrte heftig auf:

Wer hat den Frieden gebrochen? Wer hat Italien, die Welt in Unordnung gestürzt? Wer hat die ewigen Sittengesetze auf den Kopf gestellt? Wer herrscht infolge Krieg und Kriegsgreuel? Wer hetzt alle Menschen gegeneinander – um aus ihrer Zerrissenheit Nutzen zu gewinnen? 128

Cesare blieb sehr ruhig:

Sie sind ein Phantast, Frater. Wir Borgia sind Realisten. Die Moral ist ein ganz hübsches Gängelband für die Schwachen, die ihrer bedürfen.

Aber sie ist so zeitgebunden wie die Mode. Man kann keine Weltanschauung darauf bauen. Sie selbst, Frater, stehen so gut außerhalb der heutigen – Mode wie die Borgia.

Girolamo drängte:

Was ist der Zweck Ihres Besuches?

Cesare schlug seinen Handschuh übers Knie:

Mein Vater schickt mich. Sie haben Seine Heiligkeit schwer gekränkt und beleidigt. Wäre Sie nicht so großzügig – seine Stimme wurde hart –, so würde sie Ihnen einen Galgen anbieten. Statt dessen bietet Sie Ihnen – Fra Girolamo sah erwartungsvoll auf die Lippen des Borgia. Dieser schloß:

den Kardinalshut.

Fra Girolamo lachte hell auf:

Der Kardinalshut pflegt bei Seiner Heiligkeit zehn- bis zwanzigtausend Dukaten zu kosten. Ich bedaure –

Cesare unterbrach:

129 Sie haben das Gelübde der Armut abgelegt. Sie erhalten den Purpur unter einer Bedingung –

Die wäre?

Sie stellen den Kampf gegen Seine Heiligkeit sofort ein.

Der Mönch donnerte:

Nie! Nie! Nie! Das Gewissen der Menschheit und mein Gewissen verlangen diesen Kampf von mir. Es gibt nur eine Möglichkeit der Verständigung und des Friedens zwischen dem Papst und mir: Der Papst gelobt Reue, Buße, Besserung und geht an eine sofortige Reformation der Kirche.

Cesare Borgia erhob sich.

Er sagte leise:

Nie. Nie. Nie. Sie haben einen harten Kopf und ein steifes Rückgrat. Aber bedenken Sie folgendes: Der Kopf Seiner Heiligkeit ist nicht nur hart, sondern auch klug. Und sein Rückgrat ist die Kirche, während Sie sich nur an die brüchigen Wände eines Florentiner Klosters lehnen können. Aber, wie Sie wollen –

130 Der Borgia stand auf, zog sich die Handschuhe an, verneigte sich und ging.

XXVIII

Karl VIII., König von Frankreich, brach mit einem wohlbewaffneten, wohldisziplinierten Heer nach Italien auf, um seine Ansprüche auf den Thron von Neapel sicherzustellen. Der Papst erließ ein Sendschreiben gegen ihn.

Die Heere der italienischen Städte und Fürsten, zusammengewürfelte Haufen von Mietlingen und Landsknechten, zerstoben vor ihm wie Spreu.

Karl VIII. zog in Florenz ein. Und das Volk erinnerte sich, daß Fra Girolamo die Ankunft eines neuen Cyrus prophezeit habe. Klein, unansehnlich, rothaarig, krummnasig, bucklig, mit Triefaugen und einer fliehenden Stirn, einen Riesenkopf auf einem winzigen Leib, saß der König wie ein Jahrmarktsäffchen auf einem Apfelschimmel zusammengekauert.

Seine kurzen, dicken, spornlosen Beine hingen wie Uhrpendel links und rechts herunter. Er ritt, die Lanze an der Hüfte, durch ein Spalier erstaunter Florentiner Männer, Weiber und Kinder.

Ein Kind, das von seinem Vater hochgehoben wurde, um besser sehen zu können, schrie in die Totenstille:

Das soll ein König sein?

Gelächter prasselte gegen die einmarschierenden Franzosen.

Aber die Italiener sollten bald merken, daß jene Mißgeburt in der Tat ein König war. –

Der Papst hatte sich gegen ihn erklärt. Das verdroß ihn.

Er ließ sich über die inneren Zustände von Florenz referieren, ließ an das Volk Weißbrot verteilen und bat Savonarola zu sich. Savonarola erschien.

Der König, gewohnt, im Gehen zu reden, zog Kreise und Spiralen um ihn.

Es sah aus, als führe der kleine, buntwämsige Mann um den großen schwarzen Mann einen modischen Tanz auf.

Ja – also gut – ja – ch – t – er hatte die Angewohnheit, seine Rede mit sinnlosen Konsonanten zu spicken – Ihr seid – Fra Girolamo – ungekrönter König – ch – t – dieser – dieser Republik – oder so –

Savonarola wehrte ab und wollte etwas erwidern, aber der König trat ihm – versehentlich – auf den Fuß:

Ja – ch – t – was machen wir da – Seine Heiligkeit – soi-disant – ja – in Rom – ch – t – legt mir Schwierigkeiten in meinen Weg nach

Neapel – bedroht mich – ja – ch – t – eventualiter – mit dem Bann – wollte – ja – soi-disant – Eure Meinung über den casus – ch – t – vernehmen –

Er war vor Fra Girolamo stehengeblieben und sah angestrengt nach oben.

Savonarolas Stirn hatte sich verfinstert:

Majestät sind über das Wesen und Unwesen dieses – dieses Teufels, der sich durch Simonie den Papstthron angeeignet, unterrichtet?

Der König wippte von einem Fuß zum andern:

Bin – bin –

Nun denn – Fra Girolamo atmete tief auf: Ihr habt die Macht, der Christenheit (und zugleich Euch) den größten Dienst zu erweisen – den größten Dienst, der ihr je hat erwiesen werden können –

135

Der König zappelte:

Und – und?

Fra Girolamo sprach stark:

Setzen Sie, Majestät, wenn Sie in Rom einziehen, den Papst ab, berufen Sie ein allgemeines Konzil ein, das sein angemaßtes, durch Simonie erlangtes Pontifikat für ungültig erklärt, und Italien, Europa, die Welt wird Ihnen zujubeln als ihrem Befreier!

Der König nahm seine ruhelose Wanderung wieder auf.

Ja – also – soi-disant – ich danke Euch – werde alles erwägen – Erwägung gemäß handeln – ch – t – Ihr könnt gehen –

Fra Girolamo ging.

Als er draußen war, sprang der König wie ein Kind auf die Fensterbank und sah unten den schwarzen Mönch in der prallen Sonne über den Platz gehen.

Er klatschte amüsiert mehrmals in seine Hände und war ungewiß, ob er dem Mönch, ob er sich selbst applaudiere.

Ja – ch – t – dachte er, ich habe auch von einigen römischen Kardinälen, besonders von einem gewissen – ch – t – Giovanni Battista

136

Orsini – Briefe bekommen – die sich in – ch – t – ähnlicher Richtung bewegen wie dieser – dieser Mönch – ja – man muß alles erwägen – und – dann das Richtige tun – ch – t –

Fra Girolamo kniete in seiner Zelle vor dem Kruzifix.

Herr, Herr – ich danke dir für deine Gnade und deine herrliche Hilfe! O erleuchte das Hirn des Königs von Frankreich mit deiner ewigen

Ampel! Der Tempel des Antichrists in Rom wankt – er wird stürzen – ich ahne es, weiß es aus deinen himmlischen Zeichen! O laß mich Simson sein, der die Säulen des Tempels stürzt!

Sein Antlitz verklärte sich:

Ich spüre ein großes Beben der Erde – der rote Teufel auf Sankt Petri Thron erbleicht kalkweiß – er fällt – er bricht zusammen – ich setze ihm den Fuß auf den Nacken –

XXIX

Im Triumph zog Karl VIII. durch Italien. Er gelangt vor die Tore Roms. In aller Eile verschanzt sich Alexander in der Engelsburg. Jetzt kommt es ihm zustatten, daß er tausende, abertausende Dukaten und Ablaßpfennige zu ihrer Befestigung verwandt hat. 137

Karl VIII. schließt die Engelsburg ein und plant einen Sturmangriff.

Er muß einsehen, daß er bei der Stärke der Bastionen nicht viel Chancen hat. Auch hat er die Kraft des Papstsymbols unterschätzt. Seine Soldaten murren.

Sie wollen nicht gegen den »Statthalter Christi« kämpfen.

Es bleibt beiden Parteien nichts anderes übrig, als einen Vertrag zu schließen.

Johannes Burkhard, der päpstliche Zeremonienmeister, ritt dem König von Frankreich entgegen, um die Zeremonien für seinen Empfang festzulegen.

Der König schüttelte den Kopf:

Lassen wir – ch – t – den Pomp. Ich komme, wie ich komme.

Johannes Burkhard sah auf seine gepflegten Fingernägel, das einzige, was er pflegte, da er Waschen für ungesund hielt und sich nur mit Salben und Puder reinigte: 138

Seine Heiligkeit bittet Eure Majestät, ihr eine Persönlichkeit auszuliefern, die dem Herzen Seiner Heiligkeit nahesteht und die Eurer Majestät durch einen unglücklichen Zufall bei einem Spazierritt in die Hände fiel –

Der König meckerte:

Durch einen – ch – t – glücklichen Zufall. Ich bitte um bare dreitausend Dukaten und Ihr könnt – soi-disant – die Persönlichkeit gleich mitnehmen.

Johannes Burkhard zog einen Beutel Geld, den der Papst ihm mitgegeben hatte, und begann, die Dukaten aufzuzählen.

Der König zählte eifrig mit.

Es stimmt. – Er rieb sich die knolligen Hände. Ihr könnt Madonna Julia Farnese mit einer Empfehlung an Seine Heiligkeit gleich mitnehmen. Sie hat sich schon die Augen ausgeweint. Die schönen Augen!

Karl VIII. fordert vom Papst als Geisel für genaue Vertragserfüllung seinen Sohn Cesare und den türkischen Prinzen Dschem auf sechs Monate.

139 Erst ist Alexander empört.

Nach einer Unterredung mit Cesare unter vier Augen gibt er lächelnd seine Zustimmung.

Papst und König stehen im vatikanischen Garten, beide barhäuptig, sich gegenüber und messen sich.

Der König neigt dreimal das Knie und wirft den Kürbiskopf ganz in den Nacken, um zum Papst hinaufsehen zu können, der an Stelle der Hand des Königs seine eigene Hand küßt.

Dieses Lächeln, denkt Karl, gefällt mir nicht. Ich muß auf der Hut sein.

Und Papst Alexander sieht den König häßlich grinsen.

Und denkt das Gleiche.

Eure Majestät wird mich, sagt der Papst langsam, jedes Wort sorgsam wählend, morgen bei einem öffentlichen Konsistorium im Beisein der Kardinäle als wahren Papst und rechtmäßigen Statthalter und Nachfolger Petri anerkennen und mir den Treueid leisten.

Der König zaudert einen Moment.

140 In des drei Teufels Namen, meckert er.

Cesare Borgia, der Schöne, ritt im Kardinalspurpur auf einem Maultier neben Karl VIII., dem Häßlichen, die Straße nach Neapel.

Aber schon nach wenigen Miglien ließ er den König, scheinbar voller Devotion, vorausreiten. Ihm war leicht übel geworden, denn Karl VIII. roch aus dem Mund.

Dem Borgiakardinal folgten dreißig mit Gepäck belastete Maulesel und neunzehn Wagen voller Koffer und Kisten.

In Marino wird zum ersten Male übernachtet.

Cesare Borgia wünschte dem König eine gesegnete Nacht und lehnte die Kartenpartie, die ihm dieser anbot, höflich ab.

Am nächsten Morgen, als ein Adjutant des Königs den Kardinal in seinem Zelt wecken wollte, war dieser nicht aufzufinden.

Er war noch vor Mitternacht in der Tracht eines Pferdeknechtes entflohen und nach Rom zurückgaloppiert.

Karl VIII. schlug vor Wut den Offizier, der ihm die Nachricht brachte, mit der Reitpeitsche ins Gesicht.

Und die vielen Koffer und Kisten, sein ganzes kostbares Gepäck, läßt 141 er mir nichts, dir nichts zurück?

Er befahl, die Koffer und Kisten aufzubrechen. Sie enthielten nur Stroh und Feldsteine.

XXX

Ohne Widerstand zu finden, marschierte Karl VIII. in Neapel ein.

König Alfons II. von Neapel hatte sich aus dem Staube gemacht.

Der französische König triumphierte.

Er stand auf dem Posilip, sah die Stadt Neapel zu seinen Füßen, im Westen das blaue Meer mit den Inseln Capri und Ischia, im Süden den Vesuv, um dessen Haupt eine Rauchwolke lag.

Er fuhr mit seiner kleinen, dicken, mit zahlreichen Warzen bedeckten Hand flach über die Landschaft.

Ich habe den Höhepunkt meiner Macht erreicht.

Dies alles – ist mein.

Mir, dem Häßlichen, ist diese schöne Landschaft untertan. 142

Und wunderlich fühlte er, der Ungeliebte, Lieblose, sich zur Liebe angeregt.

Er ließ einige Fischermädchen aus Santa Lucia kommen und vergnügte sich mit Laura, der schönsten, einer jungen sechzehnjährigen Capreserin, bis in den frühen Morgen. Halb ohnmächtig vor Ekel taumelte sie nach Santa Lucia zurück, fuhr in einem winzigen Boot nach Capri hinüber und stürzte sich von der geliebten Heimaterde bei den Faraglioni in das ersehnte heimatliche Meer.

Delphine tanzten um ihren sinkenden, im grünen Wasser phosphoreszierenden Leichnam.

Ein Sägefisch durchschnitt ihr barmherzig die Brust und ein junger Hai fraß zärtlich ihren rechten Arm.

Dann nahm die friedvolle Tiefe sie auf. Meerspinnen schritten leicht und doch gewichtig über sie dahin. In ihren Augenhöhlen richteten sich Krebse wohnlich ein. Ein Tintenfisch ruhte, nach einem unentschiedenen Kampf mit einem Hummer, sich bei ihr aus.

143

Cesare Borgia flog stürmisch in die Arme seines Vaters:
Gerettet!
Der Papst strich ihm zärtlich über den Hinterkopf:
Ich bin nicht müßig gewesen. Wir bringen eine »Heilige Liga zur Aufrechterhaltung der Würde des Heiligen Stuhles« zusammen. Warte ein halbes Jahr: der Kaiser in Deutschland, der König von Spanien und die Mehrzahl der italienischen Fürsten und Städte werden unserm Bund gegen Gewährung von Sonderablässen, Steuernverzicht, Gewährung von Subsidien beitreten. Trionfo Borgia!
Trionfo Borgia! wiederholte Cesare und faßte an den Dolch in seinem Wehrgehenk.

Karl VIII. wurde des Besitztums von Neapel nicht froh.
Mit dem geflohenen Borgia hatte ihn sein Glück verlassen.
Prinz Dschem, die türkische Geisel, starb wenige Tage später, wie offiziell verlautbarte, an einem verdorbenen Thunfisch. Es gab aber nicht wenige, die den Verdacht äußerten, der Borgia habe ihm noch vor seiner beschleunigten Abreise ein weißes Pulver in den Abendtrunk geschüttet.
Ratlos umstanden Arzt und Krankenpfleger sein Sterbelager.
Niemand verstand Türkisch.
Der König schrie ihn mit erregten Gestikulationen an.
Hilflos wie ein sterbendes Tier riß der Türke die entzündeten Augen auf.
Seine letzten Worte waren:
Hajwan ölür Szemeri Kalyr, inszamölür ady Valyr –
Unter dem Einfluß des heißen neapolitanischen Klimas lockerte sich nach und nach im Heere Karls bedenklich die Disziplin.
Die französischen Soldaten gerieten in einen Taumel von Hurerei. Am hellichten Tag stolperte man in dunklen Gassen und auf Treppen über verschlungene und verkrampfte Paare.
Es brach in der französischen Armee eine Epidemie aus, die man die Franzosenkrankheit nannte und die Tausende von Soldaten hinraffte.

144

145 Karl war verzweifelt.

Er erhielt durch reitende Kuriere die Nachricht vom Zusammenschluß der »Heiligen Liga zur Aufrechterhaltung der Würde des Heiligen Stuhles« und von der Weigerung des Papstes, trotz Vertrag, ihn mit Neapel zu belehnen.

Die Würde dieses päpstlichen Stuhles wollen sie aufrechterhalten! Ch – t –! Auf einen Wort- und Vertragsbruch mehr kam es diesem ..., er fand kein Schmähwort niedrig genug, nicht an.

Karl trat den Rückzug von Neapel an: mit einer dezimierten, deprimierten Soldateska. Rom hatte der Papst vorsichtigerweise verlassen und hielt sich in Orvieto verborgen. Karl fand ihn nicht vor.

Bei Fortenuovo stand das Heer der Liga, bereit, Karl völlig zu vernichten.

Durch einen Trugmarsch gelang es ihm, die Schlacht zu vermeiden und die französische Grenze zu überschreiten.

In Paris angekommen, brach er zusammen. Er wollte keinen Menschen mehr sehen.

Ein Rabe, ein Affe und ein schwarzer Hund leisteten ihm bei seinem Tode Gesellschaft. Ludwig XII. bestieg den französischen Thron.

146

XXXI

Der Papst meinte:

Die Florentiner sind Verfassungsnarren. Sie geben sich alle Augenblick eine andere Verfassung und befinden sich trotzdem immer in schlechter Verfassung. Sie gehen nicht vom lebendigen Leben, vom Menschen aus, sondern von einer Fiktion »Politik« und konstruieren rein mathematisch Parlamente und Räte und Wahlrechte und was weiß ich. Dieser Fra Girolamo ist ja auch nichts anderes als ein Konstruktor. Er will eine Herrschaft »der Besten«. Von den sechzehn Stadtvierteln der Stadt Florenz soll jeder »die Besten« seines Viertels wählen, die sechzehn Besten wieder den Besten unter sich. Wer glaubst du wohl, Cesare, wird schließlich zur Macht kommen?

Cesare lächelte sein höfliches Lächeln:

Derjenige Allerbeste, der die übrigen fünfzehn aufknüpfen läßt.

Seine Heiligkeit, Papst Alexander VI., an den Prior und die Brüder des Klosters San Marco des Predigerordens der Dominikaner zu Florenz:

147

Meine geliebten Söhne! Gruß und apostolischen Segen zuvor!

Wir haben zu unserem Entsetzen und zu unserer tiefen Betrübnis vernommen, daß ein gewisser Fra Girolamo Savonarola aus Ferrara, der aus eurer Mitte stammt, sich zum Verkünder teuflischer Irrlehren, Ketzereien und aufrührerischer Bestrebungen aufgeworfen hat. Er behauptet gotteslästerlicherweise, von Gott selbst erleuchtet zu sein. Aber es ist die Fackel des Teufels, die über ihm brennt, und die derselbe als erster in den Scheiterhaufen schleudern wird, den ein gerechtes Gericht ihm errichten wird. Denn der Teufel kennt keine Dankbarkeit und läßt hohnlachend die von ihm verführten Seelen im Stich.

Ich habe mit apostolischer Geduld gewartet und geharrt, er werde sich seines eingebildeten Prophetentums bewußt werden und reumütig zu dem Kreuze Christi kriechen, das wir ihm sehnsüchtig entgegenstreckten. Mit nichten! Ich habe mich getäuscht. Von Gott dem Herrn beauftragt, das Gebäude Christi vor allen Erschütterungen zu bewahren, sehe ich mich zerrissenen Herzensgezwungen, um der Kirche den ersehnten Frieden und Eintracht wiederzugeben, die Erledigung der leidigen Angelegenheit dem Generalvikar Bruder Sebastian von Brescia zu übertragen, dem, bei Androhung der sofortigen Exkommunikation im Fall der Aufsässigkeit, unbedingter und bedingungsloser Gehorsam zu leisten ist.

Gegeben und gesiegelt

Rom ... etc.

Der Papst empfing einige Briefe von Fra Girolamo.

Er öffnete sie nicht und las sie nicht.

Er drehte Papierkügelchen aus ihnen und schoß von einem Fenster des Vatikans mit dem Blasrohr nach den Spatzen.

XXXII

Der Brief des Papstes tat seine Wirkung.

Es lief bald das Gerücht durch die Gassen von Florenz, der Papst habe über Fra Girolamo den Bann verhängt.

Es kamen auch Nachrichten, daß der Papst im Kampf gegen Karl VIII., der gekommen war, ihn seines hohen Amtes zu entsetzen, obgesiegt.

Und Zweifel und Kleinmut begann sich der Bürger von Florenz zu bemächtigen.

Der Papst, mag er sein, wie und was er wolle – er ist immerhin der Papst. Er hat seine Gewalt von Gott dem Herrn. Und alle Priester haben sie erst wiederum von ihm, dem Papst.

Er mag ein großer Sünder sein – aber sind wir es nicht allzumal, wie Fra Girolamo selbst predigt? Und wenn er als Mensch fehlt, braucht er darum als Papst zu fehlen? Ist er als Papst nicht das Gefäß Gottes – der seine Weisheit und Erkenntnis darein geußt? Darf ein Priester wider die päpstliche Priesterschaft löcken? War nicht vielleicht das plötzliche Auftreten der Pest in Florenz eine Strafe Gottes für das lästerliche und ketzerische Treiben des Fra Girolamo?

Kaum war vom Papst der Kirchenbann gegen ihn geschleudert, öffentlich verkündet von den Kanzeln in Santo Spirito und Santa Maria Novella, als einige Tage später, im Borgo di Ricoboli zuerst, die Pest ausbrach. Es starben den ersten Tag 60 Personen, den zweiten achtzig, den dritten 152 schon zweihundert. Viele reiche Leute flohen.

Fra Girolamo blieb, besuchte die Kranken und predigte, der Exkommunikation nicht achtend:

Es sterben durch Gottes Ratschluß die Erwachsenen, die sich der Sünde dieser Welt teilhaftig gemacht.

Aber Gott läßt die Kinder leben, damit ein neues Geschlecht heranwachse, unbelastet von der Schuld der Väter. –

Und in der Tat starb an der Seuche kein Kind und kein junger Mensch unter zwanzig Jahren.

Aber die Florentiner glaubten seinen Prophezeiungen nicht mehr.

Der Bann des Papstes war stärker als der Bann der Persönlichkeit des Fra Girolamo.

Auf den Straßen fielen Spaziergänger tot um, und die Träger mit der Bahre kamen und trugen sie schweigend davon.

Im Juli verfinsterte sich plötzlich die Sonne und es wurde dunkle Nacht am hellen Tag. Und als es wieder licht wurde, waren die Straßen besät mit Leichen. An den Haustoren standen etliche, die waren im Stehen gestorben. Auf dem Mercato Nuovo, an einer Wechselbank, saß 153 ein alter jüdischer Wechsler, den Kopf in die Hand gestützt, über eine Rolle Dukaten gebeugt.

Er schien zu schlafen.

Es hieß, daß der Teufel nachts in den Straßen von Florenz sein Unwesen treibe. Alle Tage meldete sich jemand, der ihn gesehen haben wollte: mit rotglühenden Augen, in Gestalt eines aufrechtschreitenden Fuchses, den langen buschigen Schweif elegant wie eine Schleppe übern rechten Vorderfuß geschlagen.

Selbst der von Fra Girolamo so innig geliebten und gerühmten Jugend begann sich Verwirrung und Aufsässigkeit zu bemächtigen.

Eines Nachmittags zog ein Haufen zehn- bis zwölfjähriger Kinder auf die Piazza della Signoria.

Sie schleppten ein Kreuz mit sich, Hammer und Nägel, und hätten einen der ihren, einen kleinen Idioten von sieben Jahren, regelrecht gekreuzigt, wenn nicht zwei Stadtpolizisten des Weges gekommen und sie daran gehindert hätten.

Aber diesen zwei Polizisten, zwei stämmigen toskanischen Burschen, ging es übel genug, indem der Idiot sie in die Hände biß und die Kinder wie wahnsinnig mit dem Kreuz auf sie einschlugen. Nur mit Mühe konnten die Kinder überwältigt werden.

Fra Girolamo war erschüttert.

Er stellte noch einmal seine Thesen auf und schlug sie an die Tür des Domes:

»Gottes einige und einzige Kirche bedarf der völligen inneren und innerlichen Erneuerung.

Gott wird sie züchtigen,

Gott wird sie erneuern.

Florenz wird gezüchtigt werden,

Florenz wird erneuert werden.

Die Heiden, Türken, Ungläubigen werden sich zu Christus bekehren.

All das wird in unsern Zeiten geschehen.

Die von Seiner Unheiligkeit, dem Herrn Antipapst, gegen den Bruder Fra Girolamo ausgesprochene Exkommunikation ist null und nichtig.

Wer sie nicht beachtet, sündigt nicht. –

Eigenhändig geschrieben und unterzeichnet.

Florenz, Kloster des San Marco

Fra Girolamo.«

In seiner Verzweiflung schrieb er Briefe an Kaiser Maximilian, an die Könige von Spanien, Frankreich, England, Ungarn und flehte sie an, gegen den Antichrist aufzutreten und ein Konzil zu berufen. Vor dem Konzil wolle er gegen den falschen Papst eine wohlbegründete Anklagerede halten. Der Papst solle ihm und dem Konzil dann Rede und Antwort stehen.

Wider den ausdrücklichen Befehl der Signoria wagte Fra Girolamo nochmals, die Kanzel von San Marco zu besteigen.

Er hatte kaum den Mund aufgetan, als ein ohrenbetäubendes Geschrei gegen ihn anhub.

Er kam zu keinem Wort.

Seine Freunde wagten nicht mehr, für ihn einzutreten und schlichen beschämt einer nach dem andern aus der Kirche.

Die Kinder auf der Straße entzogen sich ihm unwillig, wenn er über ihre Stirne streichen und sie streicheln wollte.

Der kleine Idiot, der sich hatte ans Kreuz schlagen lassen wollen, spuckte vor ihm aus. Und einige andere warfen nach ihm mit Pferdemist, der an seiner Kutte kleben blieb.

XXXIII

Die Mandatare des Papstes waren die Venezianer Giocchino Turriano, General des Dominikanerordens, und der Spanier Francesco Remolino.

Höre, mein Sohn, so nahm der Papst den kleinen, bösartig liebenswürdigen Francesco Remolino, den ehemaligen Erzieher Cesares, beim Abschied zur Seite –, ich rede als Spanier zu dir. Von Spanier zu Spanier. Du bist wie ich ein Liebhaber der Corrida, des Stierkampfes. Es gibt kleine, widerhakige Speere, die man den Stieren in den Leib stößt, um sie bis aufs Blut zu reizen. Stoß dem Frater Girolamo solche Spieße in den Bauch. Spiel den Picador. Foltere ihn, bis er bekennt, was du willst. Er muß sterben, und wäre er Johannes der Täufer redivivus.

Geht es nicht anders, so mußt du ihn zum Geständnis verlocken und verführen. Versprich ihm, wenn er gesteht, so solle er nur eine Woche im Gefängnis bleiben. Du hältst strikt dein Wort – läßt ihn nach einer Woche aus dem Gefängnis – aber nur, um ihn aufzuhängen. Versprich ihm auch ruhig das Leben – ein anderer wird das Todesurteil sprechen. Man muß sich immer an die Wahrheit halten. Ein naiver Mensch wird solche Methoden als ränkevoll und hinterhältig bezeichnen. Aber was meint der Apostel Paulus anderes, wenn er sagt: »Da ich schlau war, habe ich sie mit List gefangen.« – Wir müssen schlau sein, Francesco Remolino.

Der Spanier verbeugte sich ölig lächelnd:

Eure Heiligkeit werden mit mir zufrieden sein.

Der Spanier ließ sofort nach seiner Ankunft in Florenz in der Küraßmacherzunft ein dickes Seil mit einem Flaschenzug aufstellen. Er ordnete die Folterinstrumente und folterte ihn in der rechten Reihenfolge. Er setzte ihm zuerst die Daumenschrauben an, danach die Handschrauben, danach die spanischen Stiefel, danach den spanischen Bock. Es folgten die Knöchelfolter, die Rutenfolter, die Fußzehenfolter, das Schnüren, die Strickfolter.

Der Spanier selbst band Fra Girolamo an den Folterstrick und zog ihn an den Armen vierzehnmal auf und nieder. Die Füße waren mit Steinen beschwert.

Bekenne, lächelte der Spanier, bekenne!

Muskeln und Sehnen zogen sich knarrend und rissen. Beim dreizehntenmal, das Blut schoß ihm aus Mund, Nase und Ohren, bekannte er alles, was die Folterknechte von ihm bekannt haben wollten. Der gespickte Hase und die Stachelwiege traten nicht mehr in Funktion. Es war auch nicht nötig, zur Eruierung der Wahrheit jene gerichtlich angestellten Ziegen herbeizuziehen, die die künstlich wundgemachten Fußsohlen des Delinquenten, in die man Salz streute, zu belecken hatten.

Turriano selbst protokollierte des Fraters Aussagen, der sich jeglicher Ketzerei und Teufelei »aus freien Stücken« beschuldigte:

So wahr mir Gott helfe!

Er habe nur dem Teufel gedient, und alle seine Prophezeiungen seien ihm vom Teufel eingeblasen worden, der ihn auch zum Aufstand wider den heiligen Stuhl aufgepeitscht mit einer Geißel aus Feuerstrahlen.

Als das Volk von Florenz vernahm, daß Fra Girolamo unter der Folter seine sieben Todsünden gestanden habe, da wandte es sich verächtlich ganz von ihm. –

Wenn er ein wahrer Prophet wäre, hätte er nicht widerrufen. Auch unter der Folter nicht!

Und einer nach dem andern seiner Freunde fiel von ihm ab.

Und die ihm am nächsten gestanden, hielten sich am fernsten.

Und wenn man sie fragte:

Ihr waret doch mit diesem Fra Girolamo auf du und du? –

da öffneten sie groß ihre Augen und sagten:

Wie? Dieser Ketzer Girolamo? Das muß ein Irrtum sein. Ich kenne ihn nur ganz flüchtig und von weitem – von seinen verfluchten, ketzerischen Predigten her.

Auf der Piazza della Signoria war der Scheiterhaufen errichtet und eine Zuschauertribüne mit komfortablen Sitzplätzen. Es kostete der erste Platz eine Lira, der zweite Platz zwei Quattrini, der dritte Platz fünf Denare. Auf den Stehplätzen gingen die Henkersknechte mit Tellern sammeln.

Viel Volk aus Florenz und Umgebung hatte sich versammelt, darunter viele Männer, Frauen, Kinder, die ihn geliebt hatten und ihrer Liebe untreu geworden waren in der Zeit der Prüfung.

Aber niemand hob die Hand für ihn. Nur einige Frauen schluchzten, und ein kleiner, elfjähriger Junge warf mit Steinen nach dem Henker.

Fra Girolamo wurde mit allen Insignien seines Ordens bekleidet auf den Richtplatz geführt.

Domherren, Priester, Ratsherren, Beamte, Hauptleute erwarteten ihn.

Der General der Dominikaner trat auf ihn zu und riß ihm ein Insignium nach dem andern herunter mit den Worten:

Separo te ab ecclesia militante, non triumphante!

Fra Girolamo erwiderte ihm ruhig:

Militante, non triumphante: hoc enim tuum non est!

Die Henker fesselten ihm die Hände auf dem Rücken zusammen und führten ihn zum Scheiterhaufen, wo er in der Mitte an einem dicken Baum gebunden wurde.

Auf dem letzten Wege drängte sich ein Buckliger, ein zudringliches Mitglied der Compagnia di Santa Maria del Tempio an ihn heran, deren Amt es sonst war, die zum Tod Verurteilten zu trösten und zu begraben:

Willst du Trost, Frater? Kostet eine Lira. – Einen kleinen Trost? Kostet nur ein paar Soldi. –

Sie entzündeten den Reisighaufen. Am Himmel hatte sich ein Gewitter gesammelt. Es begann zu tröpfeln, zu donnern und zu blitzen.

Fra Girolamo brannte und wurde in der Flamme verzückt:

Ich sehe einen Engel vom Himmel herabschreiten, der ist mit einer Wolke bekleidet, ein Regenbogen ist um seine Stirn gebunden. Er trägt Gottes feuriges Schwert in der Rechten und wird es fürchterlich über den Menschen schwingen,

und seine Stimme ist der Donner, und sie tönt gewaltig über die Erde,

und seine Linke trägt die Schale des Zorns, ihn auszugießen über die Erde.

Wehe, wehe der großen Stadt Babylon! Das Gericht ist bald gekommen!

Gold, Edelsteine, Seide, Purpur, Elfenbein, Marmor, Ebenholz,

Wein, Weizen, Vieh, Mensch, alles wird vergehen in einer Stunde.

O Engel des Herrn, entführe mich dem Untergang!

Stoß dein brennendes Schwert in mein dir entgegenbebendes Herz!

Ich flamme! Ich brenne! Ich leuchte in der Liebe Gottes!

O ich Fackel Gottes! Ich leuchte über alle Meere und Länder in die Dunkelheit der Erde!

Und er begann zu singen:

Lasciatemi morire!

e che volete

che mi conforte

in così dura sorte

in cosi gran martire?

Lasciatemi morire!

Zwei Stunden brannte der Frater.

Zuerst fiel ihm der linke, dann der rechte Arm ab.

Als er verbrannt war, nahmen die Henker die Asche, sammelten sie und schütteten sie in den Arno, damit nicht ein Stäubchen von ihm bliebe, daß der Nachwelt als Reliquie dienen könne.

Jener Knabe aber, der mit Steinen nach den Henkern geworfen hatte, sprang in den Fluß und erreichte schwimmend ein Stück Kohle, nahm es, wie ein Hund einen Stock apportiert, in den Mund und schwamm zurück ans Ufer, wo er alsbald im Gewirr der Gassen verschwand.

Im Juni danach machte eine merkwürdige Art von schwarzen Raupen, die man bisher noch nie dort gesehen, die Wiesen von Florenz unsicher.

Sie hatten menschenähnliche Köpfe, deren Gesichtsform die Züge des Paters Savonarola zu zeigen schien.

Sie fraßen nur das niederste und unnützeste Unkraut: den Dornstrauch.

Es gab eine vortreffliche Getreideernte und der Stajo fiel auf dreißig Soldi.

XXXIV

Mein Söhnchen, sagte Alexander, der nach Rom zurückgekehrt war, zu Cesare, wir haben jetzt, nachdem wir diesen Karl VIII. und diesen närrischen Dominikaner Fra Girolamo los sind, Zeit, uns ein wenig mit unsern inneren Feinden, den Baronen der Romagna, den Orsini und Colonna, zu beschäftigen. Juan, der Herzog von Gandia, mein geliebter Sohn und Generalkapitän des Kirchenstaates, wird den Oberbefehl gegen die unbotmäßigen Ritter übernehmen. Erteile ihm deinen Segen als Bruder und Kardinal!

Cesare verließ wortlos das Zimmer.

Juan zog ins Feld und erlebte eine klägliche Niederlage gegen die Orsini, die alle ihre Burgen behaupteten.

Die Vanozza gab in ihrem Weinberg in Vincoli bei Sankt Peter ein kleines Fest zur Feier der Weinlese und der Belehnung des Herzogs von Gandia mit den Besitzungen Benevent und Terracina.

Der Papst war erschienen, es kamen Lucrezia, Juan, Gioffredos schöne Gattin Sancia, Cesare Borgia und einige römische Adlige aus dem Bekanntenkreis der Borgia.

Auch waren zur Erheiterung der Tafel einige Affen, Spaßmacher und Freßkünstler zugezogen. Einer von ihnen begann sein Mahl mit dreißig hartgekochten Eiern, um ihnen sofort eine ganze Salamiwurst folgen zu lassen, um die er sich mit einem Affen balgen mußte.

Der Mönch und Narr Arlotto erzählte unzüchtige Witze. Zum Beispiel behauptete er, dessen Geilheit bekannt war, daß der Papst und er mit dem gleichen Mittel zu siegen verstünden. Der Papst fragte belustigt, womit? Mit dem Bullensiegel! Aber er nehme es auch mit Demosthenes auf. Worin? – Mit der Zunge. Juan fiel vor Lachen hintenüber.

Lucrezia vergnügte sich damit, Trauben vonden Stöcken zu reißen und die Beeren den Gästen einzeln in den Mund zu werfen.

Der Papst lachte und hustete, er hatte sich an einer Beere verschluckt.

Cesare biß die Lippen zusammen, die Beeren fielen zur Erde.

Sancia sah ihn von der Seite an.

Juan schnappte äußerst geschickt.

Er brachte es auf dreizehn Beeren und wurde von Lucrezia zum Sieger im »Beerenwurf« erklärt.

Später sang sie spanische Lieder und tanzte die Tarantella.

Zärtlich folgte der Papst jeder ihrer graziösen Bewegungen.

Um Mitternacht brach man auf.

Der Papst und Lucrezia ritten mit Fackelreitern und Bedienten in einer Kompagnie.

Cesare und Juan, der Herzog von Gandia, bildeten den zweiten Trupp.

Beim Palast des Ascanio Sforza trennte sich Juan mit einem fröhlichen Addio von seinen Kameraden, um einem kleinen Abenteuer nachzugehen.

Er wurde am nächsten Tag, dicht beim Ausfluß der Hauptkloake, aus dem Tiber gefischt.

Sein aufgeschwollener Leib zeigte einen Dolchstich mitten überm Herzen.

Der Papst schloß sich in sein Zimmer ein, und hier, wo ihn niemand sah, ließ er seinen Tränen freien Lauf.

Er weinte zum erstenmal in seinem Leben. Juan Borgia, der Generalkapitän der Kirche, der zukünftige König von Neapel, von ganz Italien –, ausgelöscht wie eine Fackel im Sande.

Ich will Buße tun, schrie er, Herr, ich bereue tief mein vermaledeites Leben. Geuß einmal noch deine Gnade über mich. Ich will deine geliebte Kirche reformieren, ich selbst. Ich will –

Er aß, trank und schlief drei Tage nicht, fieberte und meditierte.

Am vierten Tage besuchte ihn Cesare.

Der Papst fuhr ihn bissig an wie eine Dogge.

Wer hat den Herzog von Gandia getötet?

Cesare antwortete nicht.

Wer hat Juan Borgia erdolcht und in den Tiber gestürzt?

Cesare antwortete mit einer Gegenfrage:

Wer hat mich zum geistlichen Beruf gezwungen, obwohl ich der ältere war und zu weltlicher Würde wohl berufener als er, der sich im Feldzug gegen die Orsini mit Schande und Lächerlichkeit bedeckt hat? Und wer hat mich zum Kardinal gemacht, obwohl mir der Kardinalshut nicht besser paßt als eine Nachtmütze? Wer will etwas aus mir machen, was ich nicht bin?

Alexander trat auf ihn zu und legte ihm beide Hände schwer auf die Schultern.

Er wollte sie niederdrücken, aber es gelang ihm nicht.

Der schmale, schlanke Mensch stand unverrückbar.

Der Papst seufzte:

Was soll ich nun mit dir machen, he?

Cesare zuckte die Achseln:

Willst du mir in die Suppe spucken? Der Speichel der Borgia ist schon Gift genug. Du brauchst die Cantarella nicht bemühen. –

Alexander ging schweigend hin und her. Nach zehn Minuten machte er wieder vor Cesare halt.

Man bereitet mir die größten Unannehmlichkeiten. Der Tod des poveretto Giovanni macht alle meine Pläne zuschanden.

Cesare sagte ruhig:

Mach neue Pläne.

Alexander schrie auf:

Ich habe ihn geliebt. Weißt du das?

Cesare:

Er ist tot. Gott hab ihn selig –.

Er schlug das Kreuz.

Der Papst schlug ihm die Hand herunter.

Cesare fuhr fort:

Er ist tot. Ich lebe. Wirf die Liebe, die du für ihn hattest, zu der Liebe, die du für mich hast. Dann bin ich beglückt. Liebe mich! *Vater!*

Alexanders Antlitz hellte sich auf:

Zum erstenmal sagst du Vater zu mir. Komm an meine Brust. Sohn! Sohn!

Der Papst gestattete dem Kardinal Cesare Borgia, der die ordentlichen Weihen der Priesterschaft ja nie empfangen, den Kardinalspurpur abzulegen.

Cesare warf den Kardinalsmantel aus dem Fenster auf die Straße, wo der Pöbel sich um ihn zu raufen begann. 172

Im Nu war der Mantel in tausend Stücke zerrissen.

Sie zerrissen den Mantel und meinten den, der ihn getragen.

XXXV

Um die Vanozza bekümmerte sich der Papst in Zukunft nicht mehr.

Sie hatte ihm, wie es ihre Pflicht war, Borgias geschenkt und damit ihre Mission erfüllt.

Als er eines Tages erfuhr, sie sei schwer an Malaria erkrankt, schickte er ihr seinen Leibarzt Torella.

Der gab ihr eine Spritze, die zur Folge hatte, daß sie in einen tiefen Dauerschlaf versank. Sie schlief dreizehn Jahre bis zu ihrem Tode. Und erwachte nur jeden Tag und jede Nacht für ein paar Minuten, in denen sie nur halb bei Besinnung war.

Sie verlernte ganz die Sprache und konnte sich schließlich nur noch auf ein Wort besinnen:

Borgia. 173

Der Papst schwenkte ein Pergament in der Hand.

Trionfo, Borgia! Der neue König von Frankreich bittet mich, seine erste Ehe zu scheiden und ihm die Eingehung einer zweiten zu gestatten! Ich habe zugesagt – unter einer Bedingung –

Cesare:

Spanne mich nicht auf die Folter.

Alexander:

Das haben wir bereits mit diesem Savonarola getan. Scherz beiseite, Cesare: unter der Bedingung, daß du eine französische Prinzessin zur Gattin erhältst.

Cesare knirschte vor Freude mit den Zähnen:

Und er hat zugesagt?

Der Papst jubelte:

Ja! Er schlägt Charlotte d'Albret, die Schwester des Königs von Navarra, vor. – Kindchen, Söhnchen, fuhr Alexander Borgia fort, du mußt in Frankreich nobel auftreten. Wir brauchen für dich Gespanne, Reisewagen, Pagen, Läufer, Reiter, Samt, Seide, Gold, Brokat, Perlen in Hülle und
174 Fülle! –

Und woher nehmen wir das, was in Summa zwei- bis dreihunderttausend Golddukaten betragen dürfte? lächelte bescheiden Cesare.

Söhnchen, Kindchen, der Papst tätschelte zärtlich seine Wange, du mußt etwas gegen deine Sommersprossen tun, sie entstellen nur dein hübsches Gesicht, ja – was ich sagen wollte – es sind einige reiche, der Ketzerei verdächtige Personen, wie beispielsweise Pedro de Aranda, Bischof von Calahorro – wenn wir ihnen keinen Prozeß machen, werden sie gern und willig ein Sümmchen zahlen. Und wozu sind die Juden da? Wir verurteilen sie wegen gottlosen Wuchers zu schweren Gefängnisstrafen, die sie dann mit Geld ablösen können. Beruhige dich, Söhnchen, die zweihunderttausend Taler haben wir in einer Woche zusammen. Ich werde übrigens auch eine Borgiabank errichten. Eine Bank, wo man gegen feste Taxen Ablaß erhält. Mord kostet, sagen wir, fünfhundert Dukaten, Diebstahl, Unterschlagung und bis zu Kindsabtreibungen und Verleumdungen entsprechend weniger.

175 Cesare witzelte:

Du selbst hast ja genug Betriebskapital einzuzahlen.

Alexander Borgia überhörte die Bemerkung:

Von jeder Einzahlung gehen 20 Prozent direkt an die päpstliche Kammer, das heißt an uns. Wir können damit unsere Kasse beträchtlich auffüllen, denn die Sünder sterben, Gott sei's gelobt, nicht aus.

Cesare lächelte:

Und nicht die Dummen.

Alexander prustete:

Amen. – Übrigens, was ich bei der Gelegenheit sagen wollte:

Ein Prinz von Aragon, von Neapel, kann uns nach unsern letzten Erfolgen nicht mehr viel nützen. Die Ehe Lucrezias mit ihm war eine Torheit. Wir müssen sie wiedergutmachen.

Alfonso wurde eines Abends, als er im Vatikan seine Gattin besuchen wollte, von Vermummten überfallen und mit Dolchstichen traktiert.

An Kopf, Armen und Schenkeln blutend, floh er in die Kammer Lucrezias, die ohnmächtig an ihm dahinsank.

Der Papst erteilte ihm die Absolution. Aber wider Vermuten erholte sich Alfonso.

Er wurde von Lucrezia sorgfältig und zärtlich gepflegt, die ihm alle Getränke selbst zubereitete und von allen Speisen zuerst kostete, ehe sie sie ihm reichte.

Eines Nachmittags, in der milden Abendsonne, er war schon Rekonvaleszent, stand Alfonso am offenen Fenster und sah Cesare Borgia durch den Garten gehen.

Es wurde ihm rot vor den Augen. Er riß den Dolch aus dem Wehrgehenk und warf nach ihm.

Der Dolch fiel vor Cesare zu Boden.

Cesare hob ihn auf, ohne nach dem Fenster zu blicken. Er betrachtete einen Augenblick das Wappen der Aragon am Knauf.

Dann warf er ihn nach einem Olivenbaum, wo er im Stamme stecken blieb.

Am selben Abend machte Cesare einen Besuch bei Alfonso und erkundigte sich freundlich nach seinem Befinden.

In der Nacht stieg Michelotto, eine Kreatur Cesares, heimlich im Zimmer Alfonsos ein und erwürgte ihn im Schlaf.

Cesare spielte diese Nacht eine Partie Schach mit dem Papst.

Während er ihm mit der Dame Schach bot, sagte er so nebenbei:

Der Weg für eine Heirat Lucrezias mit dem Prinzen Este von Ferrara ist frei.

Der Papst ließ den König fallen, den er gezogen hatte.

Ich bin müde, sagte er, wir wollen schlafen gehen.

Lucrezia war außer sich, als sie von der Ermordung Alfonsos hörte. Zum ersten Male wurde sie an ihrer eigenen Sippschaft irre. Ihre Lippen weigerten sich, den Namen Borgia auszusprechen, und sie erbrach ihn vor Ekel mit grüner Galle.

Sie weigerte sich, Cesare zu empfangen und ließ auch Alexander nicht vor ihr Angesicht. Sie wollte allein sein und nie mehr einen Borgia sehen.

Sie verhängte in ihrem Zimmer alle Spiegel, um sich nicht selbst sehen zu müssen. Nachts lief sie, tief verschleiert, in das Nonnenkloster von San Sisto und flehte um Aufnahme.

XXXVI

Der Kardinal la Grolaye hatte Lucrezia von dem jungen, dreiundzwanzigjährigen Florentiner Bildhauer Michel Angelo erzählt.

Sie bat ihn eines Tages zu sich ins Kloster.

Sie betrachtete ihn neugierig, wie ein Kind Türken und Inder betrachtet.

Ihr seid Bildhauer?

Jawohl, Madonna.

Adliger?

Aus edelstem Geschlecht –

Versteht Ihr Euer Handwerk?

Ich hoffe, Madonna.

Macht Ihr ein Gewerbe aus Eurer Kunst?

Ich mache eine Kunst aus meinem Gewerbe.

Könnt Ihr Pferde machen – oder noch besser: Pferdemenschen, Kentauren?

Den Kampf der Kentauren und Lapithen? Ich will es versuchen, Madonna.

Einen sterbenden Adonis –

Ich werde darüber nachsinnen –

Interessiert Ihr Euch für die Ausgrabungen aus der Antike? Alle Augenblicke findet man eine schöne Statue, eine Göttin oder einen Silen. Da könnt Ihr viel lernen – wenn Ihr wollt.

Es ist der Inhalt meines Lebens, Madonna.

Was habt Ihr denn schon Vortreffliches geleistet?

Eine Gruppe, Madonna.

Was stellt sie dar?

Die Pietà –

Ihr müßt sie mir zeigen!

Ich bitte, über mich zu verfügen!

Lucrezia kam in sein Atelier, von der Äbtissin von San Sisto begleitet. Sie war sehr guter Laune und knabberte unaufhörlich Datteln.

Sie sah einen Kentauren in Lehm angefangen.

Er trug die Züge Alexander Borgias.

Sie sah einen sterbenden Adonis.

Er trug die Züge Alfonsos von Aragon.

Sie wandte sich melancholisch lächelnd zu Michel Angelo:

Und was wollt Ihr aus mir machen?

Sie stand plötzlich vor der Pietà. Und all ihre Heiterkeit zerbrach in einem Augenblick, dem Augenblick, den sie mit der Pietà tauschte. Diese Pietà, das ist keine qualvoll gealterte Mater dolorosa – es ist ja eine ganz junge, leidende Frau, die mir ähnlich sieht – und Christus – trägt er nicht die Züge jenes in Florenz verbrannten Fra Girolamo – jenes unseligen Ketzers –

Laut sagte sie:

Ihr habt Savonarola gekannt?

Der Bildhauer nickte wortlos.

Er ist gar nicht tot, so scheint es. Er schläft ja nur –

Ja, sagte Michel Angelo, er schläft nur.

Mein Gott, dachte sie, ich muß weinen. Ich spüre, wie mir schon die Tränen aufsteigen. Ich muß schleunigst gehen.

Aber es war schon zu spät.

Die Tränen stürzten ihr aus den Augen.

Michel Angelo geriet, als sie von ihm gegangen war, in einen ekstatischen Rausch. Er warf den Meißel beiseite und begann eine Reihe leidenschaftlich sinnlicher Gemälde zu malen:

Leda vom Schwan geliebkost.

Venus von Amor geliebkost.

Leda und Venus trugen die Züge der Lucrezia Borgia. Er begann Verse zu schreiben an die Donna aspera e bella.

Und nannte sie:

La donna mia nemica –

Meine schöne Feindin. –

Er träumte von ihrer Nacktheit.

Und begann ein christliches Gemälde zu skizzieren, in dem die Muttergottes, der Heiland, Sankt Peter und Sankt Johann, alle in heidnischer Nacktheit, durch eine florentinische Landschaft wallten.

Lucrezia kehrte in den Vatikan zurück, vom Papst zärtlich herbeigerufen.

Sie erzählte ihm von dem Bildhauer Michel Angelo.

Der Papst dachte nach.

Er soll mir einen Entwurf machen für mein Grabmal. Für ein Grabmal, das berufen sein wird, alle Borgia dermaleinst zu vereinen. Er sandte Michel Angelo in die Steinbrüche von Carrara, den geeigneten Marmor brechen zu lassen.

Michel Angelo stieß an der Küste auf einen Berg, der von Meer und
Land weithin sichtbar war.

Ich werde aus dem Berg eine Kolossalstatue meißeln – wozu Carrara nach Rom tragen? Die Leichen der Borgia müssen von Rom nach Carrara geschafft werden und unter diesem kolossalen Steinblock ruhen, dem ich die Gestalt eines gigantischen Kentauren geben werde.

XXXVII

Der Himmel wölbte sich wolkenlos über den Borgia.

Die Sonne schien nur über die Ungerechten.

Cesare Borgia vermählte sich mit einer französischen Prinzessin.

Als sie ihn in der Hochzeitsnacht zum ersten Mal ohne Helm und Stirnband sah, erschrak sie und war einer Ohnmacht nahe.

Der Borgia trug auf der Stirn unverkennbar das Zeichen der Franzosenkrankheit.

Madame, lächelte der Borgia, dieses Mal an der Stirn stammt von Gott und Frankreich. Sie werden es mich nicht entgelten lassen. Ich bin bereit,
die Ehe mit Ihnen vorerst nur in effigie zu vollziehen.

Und er setzte sich auf den Bettrand, nahm eine Laute und begann Charlotte d'Albret römische Volkslieder vorzusingen, bis sie in die Hände klatschte und lachend den Refrain mitsang.

Cesare, der nach Italien zurückkehrte, hat seine Gattin in der Folge nie wiedergesehen.

Die Franzosen verbanden sich den Borgia. Die Colonna unterwarfen sich freiwillig.

Die Türken waren nach dem Tode Dschems in Italien eingefallen und hatten venezianische Häfen überrumpelt.

Der Papst predigte einen Kreuzzug, um bald mit den Türken insgeheim Frieden zu schließen.

Inzwischen führte Cesare, mit der Rückendeckung des französischen Königs, seinen Krieg gegen die italienischen Städte und Fürsten Mittelitaliens.

Eine Stadt nach der andern fiel ihm anheim.

Ein Fürst nach dem andern fiel im Feld oder floh.

Er war auf dem Wege zur italienischen Königskrone. Auf dem Wege – zu sich.

Sein Wahlspruch, auf seinem Degen eingraviert, lautete: Aut Cesare aut nihil.

Cesare Borgia liebte es, elegant und korrekt nach der letzten Mode gekleidet in die Feldschlacht zu ziehen. Er war mit seinem Schneider unzufrieden.

Du Hund von einem toskanischen Kleiderpfuscher, brüllte er ihn an, du hast mir die ganze Schlacht bei Forli versaut. Fünf grelle Farben hast du mir übern Leib gezogen, daß ich wie ein Arlecchino ausgesehen habe. Meinst du vielleicht, so ein Krieg sei ein Karneval, he?

Der Schneider raffte sich zu einer Erwiderung auf:

Sehr viel anderes ist der Krieg auch nicht. Nur fließt hier Blut, und beim Fasching fließt Wein.

Verschone mich mit deiner bilderreichen Philosophie. Du bist nicht dazu da, um zu denken, sondern Röcke zuzuschneiden, und wenn du mir noch einmal ein solch jämmerlich verpatztes Kostüm lieferst, wie es das letzte war, schneide ich dir mit deiner eigenen stumpfen Schere die Nase und das ab, was dir zwischen den Beinen hängt und ihr ähnlich sieht. – Mund halten! Maß nehmen! Schluß!

184

187

Cesare belagerte die Burg Forlì.

Er belagerte darin Caterina Sforza.

Caterina Sforza hatte Vater, Bruder, Gatten und Geliebten durch Mord und Gift verloren. Sie trug einen Kettenpanzer und ein eisernes Herz. Sie schlug sich für ihren kleinen Sohn Ottaviano.

Sie stand auf der Burgmauer und forderte Cesare zum Zweikampf. Sie höhnte ihn und warf ihm eine Brennesselstaude ins Gesicht. Er begehrte sie, aber er ließ es sich nicht merken.

Er ließ ihr sagen, er sei bereit mit ihr zu kämpfen – im Olivenhain vor Forli – aber ohne Zeugen.

Sie lachte: sie fürchte sich nicht.

Am nächsten Morgen trafen sie sich im Hain. Er schlug ihr im ersten Gang den Degen aus der Hand, warf seinen Degen zu ihrem Degen ins Gras, umarmte sie und zwang sie, ihm zu Willen zu sein.

So wurde sie seine Gefangene, Leibes und der Seele.

Mit dem kleinen Ottaviano spielte Cesare Murmeln.

Als er eine von den bunten Glaskugeln gewann, in denen das Universum sich feurig drehte, schrie der Kleine zornig auf und schlug ihn mit der geballten Faust ins Gesicht.

Cesare rieb sich die leicht gerötete Wange: Du bist der einzige Mann, der Cesare Borgia hat erröten machen. Ich werde dir die Glaskugel wiedergeben. Und später, wenn du erwachsen bist, sogar Forli –

Cesare beugte sich über eine Karte von Italien. Er fuhr mit nervösen Fingern die Ströme und Gebirgszüge entlang.

Er hieb auf die einzelnen Städte ein – und sein Finger krümmte sich wie ein Geierschnabel.

Siena! Navarra! Genua! Neapel! überall herrschen andere Leute.

Er dachte »andere Leute«, denn im Grunde hatte es nur die einen Leute zu geben, die zum Herrschen berufen waren: die Borgia. Diese anderen, die Flachköpfe, Hohlhirne, Fettbäuche, zitternden Bohnenstangen – hatten stumm zu dienen, schweigend zu gehorchen.

Niedergeworfen waren die Riarier von Imola und Forli.

Und alsbald neigten sich, wie die Ähren vor dem Winde, alle Fürsten Italiens vor Cesare Borgia, Herzog von Valence, der heiligen Römischen Kirche Bannerträger und Generalkapitän.

Es neigten sich Colonna und Orsini, und sogar die Este und Gonzaga brachen ins Knie. –

Cesare kehrte nach Rom zurück, denn er brauchte Geld, Geld und wieder Geld für seine Kriegsfahrten.

Er zog als Triumphator in Rom ein, im Triumph Cäsars.

Auf einem Wagen führte er eine schöne nackte Frau mit sich, die wie ein Fisch in einem Netz zappelte.

Es war die Italia.

Von der Loggia Benedizione segnete der Papst den Einzug des siegreichen Sohnes und seine segnend erhobene Rechte zitterte vor Stolz. 190

XXXVIII

Pesaro, Rimini, Imola, Forli waren gefallen.

Die Gonzaga und Este, obwohl nicht Vasallen des Kirchenstaates, bemühten sich um die Gewogenheit Cesares und Alexanders. Jetzt stand Cesare von Faenza. Faenza war der Schlüssel zu Ravenna und Venedig.

Die Stadt wehrte sich heroisch.

Als der Widerstand der Männer nachzulassen begann, war es die siebzehnjährige Diamante Jovelli, die ihn wieder aufstachelte. Sie ging auf den Wällen umher, brachte dem einen Becher Wasser, jenem ein Wort der Stärkung, schleppte Munition und Faschinen. Ihr Beispiel ermunterte die übrigen Frauen und nach einer Woche war Diamante Jovelli Kapitän eines Weiberbataillons.

Sie ließ auf der Umwallung eine weiße Fahne aufpflanzen, die ein Mädchen im Kettenpanzer zeigte, welches auf einen Totenkopf tritt. 191

Was aber Diamante Jovelli, die schwarzlockige, von Gestalt zarte Gerberstochter tat, das tat sie aus Liebe zu dem achtzehnjährigen Astorre Manfredi, dem Fürsten von Faenza, dessen Mutter Francesca ihren Gatten Galetto Manfredi wegen Untreue hatte erdolchen lassen.

Sieben Stunden den Tag feuerte Cesare Borgias Artillerie auf Faenza. Die sechzig Pfund schweren Steinkugeln prasselten auf Mauern und Wälle.

Die am Tag zerschossenen Wälle wurden nachts unter Führung Diamante Jovellis wieder aufgefüllt.

Die Belagerung leitete als Cesares Oberingenieur ein gewisser Lionardo da Vinci, ein trefflicher Erfinder mannigfaltiger Kanonen und Wurfgeschütze, der vor Faenza eifrig den Flug der Vögel studierte, weil er eine Maschine, die dem Menschen das Fliegen ermöglichen sollte, zu erfinden gedachte. In seinen Mußestunden pflegte er Bilder zu malen, die von Kennern der hohen Malkunst wohlwollend beurteilt wurden. –

192

Cesare Borgia kam nicht vorwärts. Er bot der Stadt Faenza einen für sie und den Fürsten sehr günstigen Vertrag an.

Astorre Manfredi ging nachts waffenlos in Cesares Hauptquartier.

Vergeblich hatte Diamante Jovelli unter Tränen ihn zurückzuhalten versucht:

Du gehst in dein Verderben, Astorre! Traust du dem Schwur eines Borgia?

Astorre lächelte sein schönes Knabenlächeln:

Er ist ein Herr wie ich. Er wird seinesgleichen das Wort nicht brechen.

Cesare erstaunte, als er Astorre im Schein der Fackeln erblickte.

Es flog ihn ein Gefühl der Rührung an, wie wenn ein Nachtfalter gegen seine Stirn schlug.

Er ist der schönste Jüngling, den ich je sah. Welche Festigkeit im Gang und welche Anmut der Bewegung. Welches Feuer in den schwarzblauen Saphiraugen! Wie herrisch und kindisch zugleich er das blonde Haar in den Nacken wirft. Und diese hohe kluge Stirn!

193

Cesare bewilligte Astorre alles, was dieser forderte: jedem Faentiner wurde Leben und Besitz verbürgt, die Stadt würde durch Cesares Truppen nicht besetzt werden. Der Familie Astorres wurde freies Geleit, wohin immer sie wolle, zugesagt.

Beglückt kehrte Astorre heim.

In dieser Nacht gab sich Diamante Jovelli ihm hin, denn ihr Herz zersprang fast vor Freuden, als sie ihn wiederkommen sah und endlich in den Armen hielt.

Astorre Manfredi küßte sie zart.

Siehst du, man muß Vertrauen haben! Der wahrhaft Edle zahlt mit gleicher Münze zurück.

Wer ist »ein wahrhaft Edlen«?

Cesare. –

Der Borgia?

Ja. –

Ihr Gesicht verfinsterte sich. Sie wollte etwas sagen, aber sie schwieg, als sie in seine aufleuchtenden Augen blickte.

Cesare Borgia hatte den jungen Astorre Manfredi eingeladen ihn in Rom zu besuchen. Astorre folgte einige Wochen später der Einladung.

194

Er wohnte in Cesares Palast, und es ging das Gerücht, daß eine widernatürliche Liebe die zwei verbände. Man sah sie oft umschlungen auf dem Monte Pincio wandeln. Zu Ehren Astorres fand unter anderen Lustbarkeiten ein Armbrustschießen statt, bei dem es einen bedauerlichen Unfall gab.

Ein unachtsamer Schütze schoß daneben, und der Bolzen fuhr dem Fürsten von Faenza so unglücklich in den Hals, daß er, versehen mit den heiligen Sterbesakramenten, wenige Stunden später seinen Geist aufgab. Seine letzten Worte waren:

Borgia! Borgia!

welche so gedeutet wurden, daß er dem Papst, der sich selbst zur letzten Ölung herbeibemüht, mit ihnen für seine sorgende Güte habe Dank sagen wollen.

Karneval.

Auf dem Campo de' Fiori und bei den Banchi tollten und schwärmten wie Mückenschwärme Tausende von Masken.

Arlecchinos, Kolombinen, Türken, Neger, Soldaten, Stelzenläufer, Bauernmädchen. Viele aber hatten scheußliche, abschreckende Masken 195 über den Kopf gestülpt, als wären für einen Tag die bösen Dämonen ihrer Seele ans Licht gelangt und hätten Gesicht und Gestalt gewonnen. Manche trugen riesige Phallen als Nasen. Pfeifer und Trompeter zogen tirilierend umher. Kunstvoll schlugen die Trommler das Kalbfell, bald zart, bald kräftig.

Bei einem einsamen Spaziergang geriet Alexander Borgia, der Papst, mitten unter sie. Sie erkannten ihn nicht und hielten ihn für einen, der sich als Papst verkleidet hatte.

Du, Dicker, schrien sie, komm, tanz mit uns! Und sie zogen ihren Kreis, tanzten und sangen rhythmisch: vinum bonum, vinum bonum, und der Papst tanzte lachend mit ihnen, bis der Reigen abbrach, die Kette sich löste und Alexander Borgia allein auf dem Platze zurückblieb.

Ihm war heiß.

Die Frühlingssonne stach.

Er trocknete mit einem kleinen Tuch sich den Schweiß von der Stirn.

Und fast hätte er sich die Perücke herunterreißen wollen, als ihm einfiel, daß es ja echte Haare waren. 196

Ja, schnaufte er, alles echt an den Borgia, alles echt.

XXXIX

Nicolo Macchiavelli, aus einer einfachen Popolanenfamilie stammend, humanistisch gebildet, Sekretär des florentinischen »Rates der Zehn«, wird in außerordentlicher Botschaft zu Cesare Borgia gesandt.

Florenz, zu schwach, um einem drohenden Angriff des Fürsten zu widerstehen, will sich gütlich mit ihm einigen. –

Nicolo Macchiavelli lebte auf einem kleinen Landgute bei Florenz.

Er stand früh am Tage auf, jagte Krammetsvögel, betätigte sich in seinem kleinen Wäldchen als Holzhauer, saß den halben Tag im Wirtshaus, um mit dem Wirt, mit dem Bauern Gismondo Buonarotti (einem Bruder des Bildhauers Michel Angelo Buonarotti), mit Metzger, Bäcker, Fuhrherrn und Ziegelbrenner zu schwatzen und Cricca oder Trick-Track zu spielen.

Er stritt sich mit ihnen um jeden Quattrino und man hörte ihr Geschrei die Landstraße auf und ab eine halbe Meile.

Abends, bei Einbruch der Dämmerung, stapfte er nach Hause, zog den Bauernkittel aus, und im bloßen Hemd saß er an seinem Schreibtisch, las Dante und Petrarca, Tibull und Ovid.

Er las Ovids Ars amandi und seufzend gedachte er seiner eigenen früheren Liebschaften.

Das war vorbei.

Er hatte eine Frau und vier Kinder, und nur hin und wieder trieb ihm der günstige Wind in seinem Wäldchen eine Bauernfrau oder Magd ins Gehege.

Wenn er des Ovid überdrüssig war, klappte er ihn zu und seine Schreibmappe auf und setzte seine Studien fort »sul arte del stato«: »über die Staatskunst«.

Er konnte sein Bauernanwesen kaum verwalten, aber über Republiken und Monarchien regierte souverän sein Geist:

Der Geist eines klugen, scharfsichtigen, scharfsinnigen, unbestechlichen Menschen: bestechlich nicht durch Gold und nicht durch Schmeichelei, unbeeinflußbar durch Sympathien und Antipathien.

Ihn bewegte die »Politik an sich«, ihre Methodologie. Und das Maß seiner Maßstäbe gab allein der *Mensch*, der Politik und Geschichte macht.

Wie war das Wesen des niedrigen Menschen beschaffen? Er war dumm, feige, selbstsüchtig, treulos –

Wie war das Wesen des höheren Menschen beschaffen?

Er war klug, tapfer, selbstisch und sich selbst treu. Seine Klugheit gebot, die Dummheit der andern zu benutzen, seine Tapferkeit, ihre Freiheit zu unterwerfen, seine Treue gegen sich selbst konnte als Treulosigkeit andern gegenüber in Erscheinung treten. Töricht, wer Wortbrüchigen Wort hielt, dumm, wer Klugen dumm kam, feige, wer vor Meuchelmord zurückschreckte – wenn die andern ihm schon den Gifttrank bereitet und den Galgen errichtet hatten. Es kam darauf an: der erste zu sein: bei einer Frau, bei der Politik.

Früh zu Bett gehen – und früh aufstehen– wenn die andern erwachten, mußte die Hälfte des Tagwerks schon getan sein.

Er hatte dann schon sieben Krammetsvögel gefangen – und Cesare Borgia sieben verräterische Condottieri.

Die Florentiner wußten, was sie taten, als sie Macchiavelli zu Cesare Borgia sandten. Es war nicht das erste Mal, daß der bäurische Kerl mit der Seele eines Staatsmannes ihnen in wichtigen Missionen diente.

Im Palast Cesare Borgias fand jenes denkwürdige Gespräch zwischen Cesare und Macchiavelli statt, das dem Florentiner die Anregung zu seinem Traktat über den »Fürsten« geben sollte.

Es war noch sehr früh am Tag. Dämmerung hing noch im Zimmer. Cesare hatte Macchiavelli um sechs Uhr früh zur Audienz gebeten. Seit Monaten zeigte sich der Borgia nicht mehr bei Tageslicht.

Die Krankheit hatte sein Gesicht mehr und mehr verwüstet. Es war von eitrigen Pusteln über und über bedeckt. Die Nase war angefressen. Nur seine hellen blauen Augen funkelten unversehrt und herrisch.

Nehmen Sie Platz, sagte der Borgia. Er setzte seinen Gast so, daß dessen Gesicht im Licht war, während er selbst im Dunkeln blieb.

Macchiavelli nahm Platz: in einem tiefen Sessel, in dem der kleine, beleibte Herr fast ganz verschwand.

Cesare lachte:

Ja, da haben Sie gleich ein Beispiel meiner politischen Methode: Ich zwinge meine Gäste immer, tief unter mir in einem weichen Lehnstuhl zu versinken. Das macht sie mir »untertänig« und ihren Verstand weich und nachgiebig. Ich selbst pflege auf einem harten, hohen Holzstuhl zu sitzen.

Macchiavelli sah von unten nach oben und sprach dorthin, wo er im Dunkeln den Borgia vermutete:

Ich bewundere Sie, Hoheit.

Der Borgia fragte:

Was macht Florenz? Man ist uns nicht besonders wohl gesinnt dort: Seiner Heiligkeit und mir.

Macchiavelli versuchte, eine abwehrende Handbewegung zu machen.

201 Cesare fuhr fort:

Man sieht es nicht gern, daß ich mich in Umbrien und der Romagna festsetze, daß ich mit Ludwig XII. von Frankreich d'accord bin. Man schimpft mich den Grausamen. Aber diese Grausamkeit hat die Romagna zusammengehalten, während die überaus gerühmte Milde der Florentiner die Zerstörung von Pistoja auf dem Gewissen hat. Wer ist nun in Wahrheit grausamer? Meine Grausamkeit hat in der Romagna vielleicht fünfzig Menschen getötet. Aber die Milde der Florentiner in Pistoja: zweitausend!

Und er zitierte Virgil:

Res dura et regni novitas me talia cogunt Moliri, et lati fines custode tueri.

Macchiavelli:

Es muß das Bestreben von Florenz sein, sich als autonomer Staat in dem Wirrwarr der Zeit zu behaupten, solange –

Der Borgia:

Nun, solang –?

Macchiavelli fuhr vorsichtig fort:

Solange sich diese Zeit nicht geändert hat.

Der Borgia lachte leise.

202 Nun, diese Zeit ist ein abstrakter Begriff.

Sie wird sich nicht selbst ändern. *Wir* sind berufen, sie zu ändern. Wir Menschen.

Ja, schmeichelte Macchiavelli. *Ihr* Menschen, ihr *großen* Menschen! Ihr Borgia!

Cesare wandte sich einen Moment angewidert ab:

Hat Florenz Sie gesandt, mir Weihrauch zu schwingen und Zuckerstücke wie einem tanzenden Jahrmarktsbären zu reichen? Ich verabscheue beides.

Der Rat der Zehn von Florenz schickt mich, Ihnen seine Hochachtung zu bezeigen – auch wenn zwischen Ihren und seinen politischen Überzeugungen ein Abgrund klafft.

Borgia:

Was für ein Abgrund?

Macchiavelli:

Wir Florentiner sind Republikaner.

Der Borgia lächelte:

Ich nicht. Ich bin Borgia.

Macchiavelli:

Ob Republik, ob Monarchie – gute Gesetze sind das Fundament des Staates.

Cesare:

Gute Gesetze können nicht bestehen ohne ein gutes Heer.

205

Macchiavelli:

Ein gutes Heer bedarf vor allem der Disziplin, also wiederum – des Gesetzes.

Cesare:

Ein gutes Heer setzt sich aus guten Soldaten zusammen. Gute Soldaten sind eigentlich nur Landeskinder, das heißt Menschen, die ihre Heimat lieben, die ausziehen, ihren eigenen Grund und Boden, ihr Gewerbe, ihre Frauen und Kinder zu verteidigen.

Macchiavelli:

Aber Sie haben sich oft der Söldner und fremder Kriegsknechte bedient –

Cesare:

Die Not zwang mich dazu. Das Ideal eines Heeres ist das Nationalheer. Nur aus diesem Grunde konnte Karl VIII. von Frankreich Italien so schnell überrennen, weil seinem disziplinierten französischen Heer unsere zügellosen Haufen Mietlinge und Knechte aller Länder nicht gewachsen waren.

Macchiavelli:

Aber wie kann ein Nationalheer ohne Nation aufgestellt werden?

Cesare sprang auf, und nun glänzte sein fahles Gesicht plötzlich grell im stärker einströmenden Morgenlicht:

206

Sie haben recht. Hier liegt der Kardinalpunkt der italienischen Politik. Italien muß eine Nation werden. Das ist mein und meines erlauchten Vaters innigstes Ziel. Ein geeintes Italien, ein einiges italienisches Heer.

Macchiavelli unterbrach höflich:

Und ein König?

Cesare stand jetzt am Fenster und sah einer Amsel zu, die den Morgentau aus ihrem Gefieder stäubte:

Jawohl. –

Macchiavelli fragte zögernd:

Und wer soll dieser König sein?

Cesare:

Ein – ein – er brach den Gedanken ab, – ein schöner Tag wird heute. –

Macchiavelli erhob sich:

Ein Borgia, Hoheit, wollten Sie sagen.

Cesare schnitt das Gespräch mit einem Hieb der Reitgerte ab, die er durch die Luft sausen ließ:

207 Wir werden sehen, kommt Zeit, kommt Rat –.

Macchiavelli:

Kommt Borgia –

Cesare:

Nach Florenz.

Macchiavelli:

Ich habe die Ehre, Eurer Hoheit ein Bündnis der Stadt Florenz anzubieten. Sie würde sich glücklich schätzen, Eure Hoheit als Condottiere, als Truppenführer, zu gewinnen, Sie bietet Eurer Hoheit ein Jahresgehalt von 36.000 Golddukaten.

Cesare geleitete den Gesandten der florentinischen Republik bis an die innere Tür:

Ich bitte Sie, mir im Namen der Signoria einen Vertragsentwurf vorzulegen. Ich habe mich vortrefflich mit Ihnen unterhalten; besuchen Sie mich gelegentlich wieder.

Macchiavelli verneigte sich tief.

Macchiavelli ging, erschüttert von dem Gespräch, durch den frühen Morgen.

Er lief planlos durch die Gassen und stieg dann auf den Monte Pincio, die Stadt Rom im Morgenglast zu betrachten.

Er dachte: Ein Ungeheuer – wenn man will – und wenn man die eine 208 Seite der Medaille sieht –, aber dreht man sie um: ein Genie – ein politisches Genie wie sein Vater – sie tun alles nur für sich, aus einem fanatischen sacro egoismo. Aber siehe: ihre Gedanken und Taten münden organisch in das große Weltgeschehen.

Er will die Einigung Italiens – für sich – um König zu werden –, aber ist sie nicht das größte und würdigste Ziel eines heutigen Italieners?

Seine Gedanken sind scharf wie spanische Klingen.

Auch was sein Vater tut und plant – die hypertrophische Machtübersteigerung des Heiligen Stuhls –, ist nur gedacht im Sinne Borgias. Aber später einmal werden seine Nachfolger noch davon zehren, daß er dem Papsttum an sich das feste politische Fundament gelegt. Wo sind sie hin, die Orsini, die Colonna, die generationenlang den Papst in seiner eigenen Stadt zur Ohnmacht verdammten? Nein, dumm sind diese Borgia nicht, es sind – es sind – und er suchte nach einem Wort, da hörte er eine Amsel.

Es sind Genies der Amoralität. Sie wissen nicht, was böse oder gut 209 ist. Sie kennen nur den Nutzen einer Sache, soweit sie sie selbst betrifft.

Der Kentaure Chiron ist ihr Lehrer gewesen: halb Mensch, halb Tier, und sie selbst sind Kentauren geworden.

Sie empfangen ihre Bestimmung und ihr Licht vom Sternbild des Kentauren.

Vier Jahre braucht das Licht, um vom Kentauren zur Erde zu gelangen.

Eine Ewigkeit dauert es, um von den Borgia Licht und Wärme zu empfangen.

Sie haben ihr Herz hundertfach umpanzert. –

Er neigte sich zur Erde.

Sieh da! Eine Blüte der Centaurea! Was haben die Kentauren, die Borgia damit zu tun? – Es gibt eine Art der Centaurea, deren bittere Wurzel als Gegenmittel gegen – Gift angewendet wird. –

Und er begann sich Notizen auf ein paar Zettel zu schreiben, die er aus dem Rock kramte:

Die Borgia verstehen sich darauf, beide Naturen, die menschliche und die tierische, gut zu verwenden, weil eine ohne die andere nicht lange 210 besteht. Sie verstehen sich darauf, Bestien zu sein, und nehmen vom Fuchs und Löwen, was ihnen paßt. Die Fuchsgestalt ist nötig, um die Schlingen kennen zu lernen, die Löwenmaske, um die Wölfe zu verjagen. Wer nur den Löwen spielt, versteht seine Sache nicht.

XL

Wir brauchen einen Heiligen unter uns, einen heiligen Borgia. Weißt du keinen? fragte der Papst, als er eines Tages in der Legenda aurea blätterte, den Sohn Cesare.

Cesare lachte hell auf, um sich sofort zu fassen.

Ich bitte für mein unziemliches Verhalten um Vergebung. Man darf die Form nie außer acht lassen – sagte der Glockengießer, aber da war es schon zu spät, und die Glocke war verpatzt. Ja – wen soll ich dir da empfehlen? Calixtus macht keine besondere Figur. Der Herzog von Gandia ist zwar tot, aber nicht heilig zu kriegen.

Lucrezia – wäre eine schöne Heilige – aber sie lebt ja noch. Ebenso dieser Knabe Narziß. Warten wir ein paar hundert Jahre, Papa di Roma. Wenn wir Borgia uns ausgetobt haben, werden wir auch noch einen Heiligen zustande bringen. Und er wird genauso heilig sein, wie wir unheilig waren. Denn ein Borgia tut nichts Halbes. Addio, Rodrigo!

Er nannte seinen Vater nur in besonders zärtlichen Momenten Rodrigo.

Der Papst sah ihm innig nach:

Ein kluger Kopf, dieser Cesare –

Er rieb die Hände aneinander.

Er fror zum erstenmal in seinem Leben. Ich werde alt.

Draußen war Juni. Der 27. Juni 1500.

Er befahl, im Kamin Feuer zu machen.

Es war ein uralter Kamin, an dem schon Calixtus III. seinen Borgia-corpus gewärmt hatte.

Wann war das gewesen?

Vor – vor etwa fünfzig Jahren – dachte der Papst erstaunt.

Das sind schon fünfzig Jahre her!

Er lehnte sich an den Kamin.

Und plötzlich war ihm, als ob der Kamin ein feuerspeiender Krater sei.

Die Erde begann zu zittern.

Mit donnerndem Gepolter brach der Sims des Kamins über ihn zusammen.

Lucrezia fand ihn und schrie laut um Hilfe. Ihre Zofe und einige Soldaten der Schweizergarde zogen ihn unter dem Schutt hervor. Für den Bruchteil einer Sekunde hatte sie den Wunsch, der alte Mann dort, ihr

Vater, der sie in dieses Leben gezerrt hatte – er möchte tot sein, ganz und für immer tot. Aber er war bärenstark, stierkräftig. Der Kamin hatte seinen Schädel nur geschrammt. Er hatte ihn nicht zerschlagen können.

Lucrezia pflegte ihn.

Nach seiner Wiedergenesung zelebrierte er ein Hochamt in der Kirche Santa Maria del Popolo.

In seinen noch zitternden Händen hielt er einen mit dreihundert Dukaten gefüllten Pokal und schüttete ihn vor dem Altar der Jungfrau aus:

Dreihundert, drei-hun-dert Dukaten opfere ich dir als Dank für meine Genesung, allerheiligste, allerjungfräulichste, allergnädigste Madonna! –

213

Die Dukaten rollten über die Altarstufen hinab.

Des Nachts aber überkam ihn plötzlich die Reue.

Er fuhr aus Träumen auf, zumal er abends eine schwer verdauliche Langustenpastete gegessen hatte.

Dreihundert Dukaten! dachte er. Die Madonna wäre auch mit zweihundert zufrieden gewesen. Oder – hundertfünfzig.

Schweiß stand ihm vor der Stirn.

Er klingelte.

Aber der wachthabende Offizier der Schweizergarde im Vorzimmer schlief.

Der Papst knüpfte sich einen Knoten in sein Bettuch und beschloß, sofort am nächsten Tag zweihundert Dukaten von der Santa Maria del Popolo zurückholen zu lassen.

Als er sich schlaflos von einer Seite auf die andere wälzte, machte er nochmals Licht, griff zu seinem Notizbuch und begann, sich allerlei zu notieren:

Mein Ziel ist – die Autorität des Kirchenstaates unter meinem Zepter unverrückbar zu gestalten.

214

Wer sich von den Fürsten mir entgegenstellt, den zerschmettere ich. Meine Feinde sind dem Untergang geweiht. Ich fluche ihnen mit dem päpstlichen Fluche. Vide Karl VIII. und Fra Girolamo.

Die Orsini und Colonna, meine inneren Feinde in Rom, werden im Jenseits eine Ewigkeit an mich zu denken haben.

Die Unterwerfung der Este zu Ferrara gelingt nicht? Gut, wird Lucrezia einen Este heiraten, und wir gewinnen sie so und borgisieren sie auf diese Weise.

Man muß die Menschen gegeneinander ausspielen: die italienischen Fürsten und Städte gegen die ausländischen Mächte und umgekehrt. Innen beständig sein, aber sich nach außen nicht festlegen. Das heißt Politik. Im Klaren die Angel werfen und im Trüben fischen. Alles versprechen und den Teil halten, den man zu eigenem Nutzen halten muß. Mag Italien dabei mager werden, wir Borgia mästen uns. Italien muß in Unordnung gebracht werden, damit wir in unserer Ordnung verbleiben.

215

Und er stand auf, schlüpfte in seine Pantoffeln und schlürfte in den Keller hinab, wo er sich eine Zelle als seine Schatzkammer hatte herrichten lassen.

Niemand durfte sie betreten. Auch Cesare und Lucrezia nicht.

Die Schränke an den Wänden waren gefüllt mit Säcken voll Dukaten, Kästen voll Edelsteinen, Smaragden, Rubinen, Saphiren, goldenen Schalen, Kreuzen, Figuren. Altargeräte, Abendmahlpokale standen auf Regalen. Der Papst schüttete einen Sack Dukaten auf den Tisch und wühlte darin.

Von seinen Lippen troff Speichel dazwischen. Seine Augen öffneten sich gierig wie die eines Habichts, der einen Hasen erspäht.

Und vor Wollust des Besitzes und Geizes ergoß er seinen Samen in ein goldenes Gefäß.

Alexander rief Lionardo da Vinci, den bekannten Militäringenieur und Erfinder, der in Diensten Cesares stand, zu sich.

Lionardo, der gerade an einer Federzeichnung »Der Gehängte« strichelte, kam sehr unwillig.

216

Der Borgia ließ sich vernehmen:
Ja, die Erde kenne ich nun,
Berge, Täler, Städte, Dörfer, Männer, Weiber.
Du hast mir einen Globus verfertigt,
er steht auf meinem Schreibtisch,
und manchmal fährt meine Hand zärtlich über die Rundung der Kugel,
als wäre es eine Frauenbrust.
Dies alles
ist mir tributpflichtig,
zollt mir Achtung, Ehre, Gut und Geld:
Italiener, Spanier, und wie ich höre, sogar Deutsche und Mohren.

Nun aber will ich einmal Sterne um mich haben.
Bau mir ein Planetarium!

Und als das Planetarium gebaut war, saß der Borgia unter den Sternen, unter Uranus, Neptun, Saturn, Sonne, Mond, unter Planeten und Fixsternen.

Er griff mit seinen immer leicht schweißigen Händen danach und sie ließen sich in die Hand nehmen wie kaum flügge Vögel.

Dann ließ er sie wieder los:

Flieg, Sonne!

217

Flieg, Mond!

Und sie kreisten in edler Ellipse um seine Stirn.

XLI

Bevor Lucrezia nach Ferrara abreiste, rief sie den römischen Infanten, der inzwischen fünf Jahre alt geworden war, zu sich.

Mit Tränen in den Augen verabschiedete sie sich von ihm.

Ich kann dich nicht mitnehmen, mein liebes Kind. Ich muß dich hier beim Heiligen Vater und beim unheiligen Bruder lassen, Narziß. Sie werden dich schützen und behüten, und ein Erzengel wird über dich wachen.

Der Knabe sah mit großen Augen zu Madonna Lucrezia auf und begriff nicht, warum sie weinte.

Ich werde nie nach Rom zurückkehren. Behüte dich Gott, wenn er einen Borgia behüten mag. Der Heilige Vater hat dich auf meinen Wunsch heute zum Herzog ernannt und dir das Lehen von Nepi verliehen. Narziß, Herzog von Nepi. Aber das begreifst du alles noch nicht und wirst es erst später begreifen. – Leb wohl, mein kleiner Herzog! 218

Sie hob den Knaben an ihre Brust und küßte ihn stark auf den Mund.

Es war drei Uhr nachmittags, als Lucrezia Rom verließ.

Sie ritt auf einem Schimmel. Ihr Kleid, mit Hermelin besetzt, war von roter Seide und floß schillernd an den Flanken des Pferdes herab.

Ihr blondes Haar zitterte im Wind.

Den Reisehut hatte sie herabgerissen und hielt ihn mit den Zügeln an den Hals des Pferdes gepreßt.

Alle Kardinäle, viele Adelige, viel Volk gab ihr bis zur Porta del Popolo das Geleite. Links neben ihr ritt auf einem Falben Cesare.

Vor dem Tore richtete er sich im Steigbügel auf und reichte ihr die Hand.

Sie nahm sie nicht an und blickte ihm nur düster ins Auge.

219 Er blieb mit den andern Römern zurück, und noch lange sah er ihr blondes Haar in der Nachmittagssonne glitzern.

Wie Herbstfäden, dachte er. Die Herbstfäden der Borgia.

Sie deuten auf baldigen Winter –

Zwanzig Miglien von Ferrara entfernt, vor dem Kastell Bentivoglio, begegnete Lucrezia ein Jäger zu Pferd. Er hatte Hasen am Sattel hängen, und sie ließ durch einen Ritter ihres Gefolges ihn bitten, ob er nicht zur Abendmahlzeit ihr ein paar Hasen ablassen wolle.

Der Jäger zeigte sich mit größter Artigkeit dazu bereit.

Er lüftete den Hut.

Man stellte sich vor,

und es stellte sich heraus, daß der Jäger Don Alfonso, Erbprinz von Ferrara war, der ihr eben in absentia angetraute Gemahl. Überrascht, aber dann schnell gefaßt, um sich vor dem Gefolge keine Blöße zu geben, musterten sich die Ehegatten, die sich vorher noch nie gesehen hatten.

Lucrezia war dem Erbprinzen von Ferrara aufgezwungen worden, aus 220 politischen Gründen.

Es genügten zehn Minuten höflichen, oberflächlichen Gespräches, und er war von Lucrezia bezaubert wie jeder Mann zuvor.

Der Einzug Lucrezias in Ferrara bot eines der prächtigsten Schauspiele jener Zeit.

Es ritten voran fünfundsiebzig Bogenschützen zu Pferde, gekleidet in den Farben des Hauses Este: weiß und rot. Danach kamen hundert Trompeter und Pfeifer. Hinter ihnen ritt, ganz allein, Don Alfonso, der Bräutigam, gekleidet in roten Samt, ein schwarzes Samtbarett mit einer goldenen Agraffe auf dem Kopf, schwarze Samtgamaschen und schwarze Stiefel.

Es folgten die Adeligen Ferraras auf kostbar aufgezäumten Pferden, dann Pagen, spanische Granden, Bischöfe, die Abgesandten Roms.

Drei Hofnarren Lucrezias kobolzten nun einher, an der Spitze eines Zuges von dreißig Zwergen, die alle fortgesetzt Rad schlugen und andere Possen trieben.

Dann kamen zehn auserlesen schöne Pagen, in den Farben des Regenbogens gekleidet. Und dann 223

Lucrezia,

die Braut,

auf ihrem Lieblingsschimmel.

Sie trug ein glattes, schwarzes Samtkleid, mit goldenen Borten besetzt, über das Kleid einen Mantel von Goldbrokat.

Ihr volles blondes Haar war in ein schleierartiges Netz von dünnem Gold gehüllt, so daß man die Haarfäden und Goldfäden nicht unterscheiden konnte. Eine Sonne flammte über ihrer Stirn.

Sie ritt unter einem purpurnen Baldachin, den die ordentlichen Professoren und Doktoren der Universität Ferrara trugen, da es an Dienern mangelte.

Der Gesandte Frankreichs ritt hinter ihr, neben dem Herzog Ercole von Este. Es folgten wieder Prinzen, Edle und Pagen und dann in vierzehn Galakarossen die Ehrendamen und Hofdamen des Hofes von Ferrara.

Sechsundachtzig Maultiere, darunter zwei weiße, führten die Garderobe der Braut.

Mit vielen Ah's und Oh's bewunderten die gaffenden Weiber Ferraras die kostbaren Gewänder, Teppiche, Schmuckgegenstände. 224

Aber manch ein Bauer und Bürger stand am Weg und dachte:

Dies sind die Steuern und Abgaben, die eine heilige Kirche von uns erpreßt hat – für die Borgia. –

Da – da – auf dem Rücken der Maultiere ziehen sie dahin: meine und deine »Sankt Peterspfennige«. Aus Pfennigen werden Gulden, aus Gulden Dukaten und viele Dukaten machen jene breitärmelige Camorra von grünem Samt oder jene fünffach um den Hals des einen weißen Maultiers geschlungene Kette von Rubinen und Perlen. Neben den beiden weißen Maultieren schritt auch ein roter Stier, das Wappentier der Borgia.

Er wurde von der Volksmenge gehänselt und gestichelt, da sie sich an die Borgia selbst nicht wagten.

Aber stolz, unnahbar, schritt er vorüber, den Kopf gesenkt, um die Menschen, die er verabscheute, nicht sehen und riechen zu müssen.

Auf dem Domplatz, wo Seiltänzer, die zwischen zwei Kirchtürmen tanzten, sie begrüßten, stieg Lucrezia vom Pferd. 225

Der Rektor der Universität, Professor Nicolò Leoniceno, Ordinarius für Mathematik, ein alter kurzsichtiger Herr, hielt ihr die Steigbügel.

Pfeifer, Trompeter, Trommler, Pauker, Posaunisten begannen mit den Glocken der Kirchen um die Wette zu lärmen.

Lucrezia, der alles Laute verhaßt war, zog ein wenig den Mund schief, ließ aber dann ein Lächeln um ihre Lippen spielen, das jedermann entzückte.

Im Empfangssaal nahmen Lucrezia und Alfonso auf den rosengeschmückten Thron Platz.

Nach alter Sitte durfte die Braut einen Wunsch äußern, der sofort erfüllt wurde. Lucrezia bat, sämtlichen Gefangenen der Stadt Ferrara die Freiheit zu schenken.

Spanische Buffoni begannen, sie anzusingen. Als erster Orator begrüßte sie der Dichter Ariost:

O Rom! O armes Rom, in Nacht gestürzt,
Da dich die Sonne Borgias jäh verließ
Und in Ferrara nun ihr Licht entzündet:
Lucrezia, holdestes Gestirn, erkoren,
Uns künftig Flamme, Wärme, Glück zu spenden –
O geuß den Krug des Feuers auf uns hin,
Und brenne uns zu Fackeln, Königin!
Daß wir zu deiner Ehre himmlisch brennen
Und noch als Asche uns zu dir bekennen!

Unnatürlich bleich verneigte sich der junge, siebenundzwanzigjährige Dichter und trat mit linkischer Grandezza zurück.

Lucrezia sandte ihm einen sanften Blick nach – aus ihren occhi bianchi – ihren hellblauen Augen.

Noch am gleichen Abend, in seine einsame Kammer zurückgekehrt, schrieb er den Vers:

Das Weib ist ein gefährliches, großes Kind,
sie hat die Augen der Taube und den Griff der Pantherin.

Das Hoftheater von Ferrara, im Saal des Podestà, faßte dreitausend Personen.

Es war am Abend der Festvorstellung zu Ehren der Vermählung des Erbprinzen überfüllt.

Vor Beginn der Vorstellung traten sämtliche Schauspieler an die Rampe und stellten sich dem Publikum devotest vor.

Der Direktor verkündete das zu spielende Stück.

Ariost hatte seine »Cassaria« eingereicht, aber sie war als zu modern abgelehnt worden. Der Herzog und das Publikum waren für »das Klassische«.

Die Vorstellung begann damit, daß Plautus selbst auftrat und es mit besonderer Freude begrüßte, daß eine seiner Komödien gespielt werden sollte.

Man spielte den Epidicus.

Der größte Teil des Publikums langweilte sich und wurde erst bei den Balletts munter, die zwischen die Akte eingeschoben wurden.

Da tanzten zehn Neger mit Kerzen im Munde. Da tobte ein Gladiatorenkampf. Besonders applaudiert wurde ein feuerspeiender Drache und eine schöne, nackte Jungfrau auf einem Einhorn.

Zum Schluß aber gab es ein unbeholfenes frühchristliches Legendenspiel von der Hetäre Thais, das Lucrezia im innersten Herzen erregte.   228

XLII

Thais

Marktplatz von Alexandrien

DER FROMME VATER PAPHNUTIUS *tritt auf.* Ich habe von dem und jenem Wanderer vernommen, daß in Alexandria ein Mädchen weile, die sei über alle Beschreibung hold und liebreizend, derart, daß alle Jünglinge Alexandrias sie umschwärmten wie die Bienen die Bienenkönigin und keiner sich ihrer verführerischen Anmut zu entziehen vermöge.

Die anwesenden Jünglinge schweigen zuerst betreten. Danach spricht einer.

JÜNGLING. Du hast recht, tugendhafter Greis, uns Jünglingen von Alexandria Leichtsinn und Buhlerei vorzuwerfen. Und wir wissen, wen du meinst: Es ist Thais, die Hetäre, die uns verzaubert hat, daß wir unsrer Sinne nicht mehr mächtig sind. Ganz Alexandria hat sie in Brand gesteckt. Männer verlassen ihre Ehefrauen ihretwillen und bartlose Knaben stehlen die Kleinodien aus ihrer Väter Schrein, um Thais zu gefallen und ihre Stirn mit dem goldenen Reif zu schmücken.

PAPHNUTIUS. Wo wohnt sie? Ich habe eine Botschaft an sie.

JÜNGLING. Ihr Haus ist nahebei. In jener Gasse dort. Wenn du es wünschest, so wollen wir dich geleiten, denn wir kennen den Weg nur allzu gut.

PAPHNUTIUS. Ich ziehe vor, allein zu gehen. Gott mit euch, ihr Jünglinge.

JÜNGLINGE. Gott mit dir, ehrwürdigster Vater.

* *
*

Haus der Thais

Der Teufel in Gestalt eines Jünglings.

TEUFEL. Schenk ein, Thais. Mich dürstet. Wenn das rote Rebenblut mir die Kehle herunterrieselt, stell ich mir vor, es sei Menschenblut.

THAIS. Mich schaudert es, wenn du so lästerlich sprichst.

TEUFEL. Ich scherzte, meine Süße.

THAIS. Dies sind arge Scherze, wie du sie treibst.

TEUFEL. Umarme mich, so wollen wir bessere treiben.

THAIS. Ich bin zu Scherzen, welcher Art auch immer, heute nicht aufgelegt.

TEUFEL. Warum so spröde, mein Täubchen?

THAIS. Ich hatte die Nacht einen Traum, und dieser Traum macht mich nachdenken.

TEUFEL. Du machst mich lächeln, Thais. Du glaubst an Träume? Läßt dir die Laune von Imaginationen verderben, die du dir selber schufst, weil du am Abend vorher vielleicht zu viel und zu fett gegessen oder zu schnell getrunken. Ich hätte dich für klüger gehalten.

THAIS. Mir träumte von einem Wald, in dem ich einst gehaust, als ich noch gut und glücklich war.

TEUFEL. Gut – gut – was besagt das? Es kommt nicht darauf an, gut zu sein, sondern das Leben zu genießen, es zu schlürfen, wie ich diesen Trunk jetzt schlürfe.

THAIS. Allzu oft und allzu leicht hab ich mich durch dich stets verleiten und verlocken lassen. Mir brennt die Scham in den Wangen, denk ich daran, daß ich das Kind, die Frucht unserer unzüchtigen Beziehungen, einem schmutzigen alten Weibe in der Vorstadt zur Aufzucht 231 und in Pflege gab, um hier im Haus in meinem buhlerischen Treiben und wildem Wandel nicht behindert zu sein. Wie mag es dem Kinde gehen? Ich träumte von ihm.

TEUFEL. Dich sollte das Kind nicht bekümmern. Sei froh, daß es dir hier nicht zwischen den Beinen herumläuft und dir durch sein Geschrei die Besucher verjagt. Vestigia terrent. Es würde manchem zarten Jüngling die Lust verschlagen, sähe er die Folgen liebenswürdigen Leichtsinns so leibhaftig vor sich.

THAIS. Mir träumte, der Wald entreiße sich seiner Wurzeln und käme gewandert wie ein Mensch: zu mir –.

Es klopft an der Tür.

THAIS *schrickt zusammen.* Wer ist's?

TEUFEL. Die Störung kommt mir nicht gelegen.

EINE STIMME. Gut Freund, schöne Thais, öffnet getrost.

Thais öffnet: herein tritt Paphnutius, die Kapuze seines Pilgermantels über den Kopf geschlagen, so daß er unkenntlich ist. 232

THAIS. Wer seid Ihr? Ich atme eine reine, klare Luft, seit Ihr im Zimmer weilt. Duft von Tannen ist um Euch. Wie wird mir?

TEUFEL. Ich kann den Gestank nicht ertragen. Der Kerl deucht mich bekannt. *Tritt herzu, fährt zurück.* Es ist der verfluchte Christ ...

PAPHNUTIUS *macht das Zeichen des Kreuzes.*

TEUFEL *schief und gebückt durch die Tür ab.* Hüte dich, Thais: vor ihm – wenn du mir getreu bleibst ... vor mir, wenn du ihm verfällst.

PAPHNUTIUS. Wer war der Mann, der dich soeben verließ, schöne Thais?

THAIS. Ein Jüngling aus Alexandria und mein Freund. – Ihr seid hierzulande fremd, wie es scheint?

PAPHNUTIUS. Ich komme weit von hier, durch die Wüste, von den Wäldern Thebens.

THAIS. Mein Traum!

PAPHNUTIUS. O Thais, o Thais, welch weiten Weges Mühsal hab ich durchwandert, um zu dir zu gelangen.

THAIS. Ihr hattet Sehnsucht – und nach mir – und kanntet zuvor mich
doch gar nicht.

PAPHNUTIUS. Alle Straßen der Welt sind voll vom Ruhm deiner
Schönheit.

THAIS. Da Ihr solches Verlangen nach mir bezeigt, so will ich mein
Antlitz nicht länger vor euch verhüllen und mich entschleiern. *Tut
es.*

PAPHNUTIUS. Thais, Thais –

THAIS. So schlagt auch Ihr den Mantel vom Haupt, damit ich erkenne,
mit wem ich spreche. Ob es ein Jüngling, oder ein Greis sei, der meine
Liebe begehrt.

PAPHNUTIUS *faßt sich an sein Herz.*

THAIS. Was ist mit Euch? Ihr zittert?

PAPHNUTIUS. Ich schaudre, weil ich deines Schicksals denke, und ich
beweine dein Verderben.

THAIS. Welche Stimme … Die Tränen des Fremdlings rühren mein
tiefstes Herz … Ihr kennt mein Schicksal nicht. Was weint Ihr,
Fremdling, über eine Fremde? Ich bin Euch fremd. Ihr seid mir fremd.
Vor einer Stunde kanntet Ihr mich noch nicht und wußt ich nichts
von Euch.

PAPHNUTIUS. Immer bin ich bei dir gewesen, Thais, mit der Kraft
meines Gebetes. Du hast mich – ich habe dich nie verlassen.

THAIS. Ich habe seit Jahren nicht mehr gebetet. Fast habe ich den Namen
Gottes vergessen.

PAPHNUTIUS. Du nanntest ihn. Doch sprich, von welchem Gott
sprachst du?

THAIS. Vom einzigen Gott.

PAPHNUTIUS. So glaubst du an ihn?

THAIS *den Kopf senkend.* Ich glaube an ihn.

PAPHNUTIUS. So glaubst du auch, er sei allwissend?

THAIS. Ihm ist mein Wandel nicht verborgen.

PAPHNUTIUS. Und glaubst du, daß er nach Recht und Gerechtigkeit
richte?

THAIS. Ich glaube, daß er mit gerechter Waage unsre Taten wägt …

PAPHNUTIUS. O Jesus Christus, wie übst du unendliche Geduld in
deiner unsäglichen Gnade und Langmut und weisest den Weg der
Reue auch dem Verfehmtesten. *Für sich.* Herunter vom Haupt die
Hülle.

THAIS *im Aufschrei.* Mein heiliger Vater …

PAPHNUTIUS. Du hast gelitten, Tochter?

THAIS. Leid über Leid.

PAPHNUTIUS. Wer hat dich betört, verführt und hintergangen? 235

THAIS. Der, welcher Adam und Eva betörte, daß sie des Paradieses verlustig gingen.

PAPHNUTIUS. Wo ist der engelreine Wandel, den du geführt?

THAIS. Dahin, dahin.

PAPHNUTIUS. Wo ist deine Jungfräulichkeit? deine Zucht und Sitte? Wohin die goldene Enthaltsamkeit?

THAIS. Entschwunden meinem Sinn.

PAPHNUTIUS. Hat je ein Mensch ohne Fehl gelebt außer der Jungfrau Sohn?

THAIS. Nie.

PAPHNUTIUS. Menschlich ist es, Sünde zu begehen. Aber teuflisch, in der Sünde zu verharren. Bereust du?

THAIS *kniend.* Weh mir, ich Unselige. Ich bereue.

PAPHNUTIUS. Mit Worten? Mit den Lippen?

THAIS. Mit der Tat. Mit der Seele. Mit meinem ganzen Sein. Ich büße. Ich büße. Ich bin nicht wert, den Staub von deinen Füßen zu küssen.

PAPHNUTIUS. Steh auf, meine Tochter. Zur Umkehr ist es nie zu spät.

THAIS. Mich drückt ein Übermaß an Sündenschuld. 236

PAPHNUTIUS. Erhebe dich. Im Namen des dreieinigen Gottes, des Vaters und des Sohnes und des Heiligen Geistes, spreche ich dich aller deiner Sünden ledig. Steh auf, meine Tochter, und wandle im Herrn.

THAIS. Möge es dem Herrn gefallen, mich wieder in ein ehrlich Menschen- und Gotteskind zu verwandeln.

PAPHNUTIUS. Unwandelbar ist die Substanz des Höchsten. Doch ist es ein geringes ihm, die unsre zu wandeln. Sei getrost und glaube!

XLIII

Noch in der gleichen Nacht, das Brautpaar hatte längst das Lager aufgesucht, und ein Notar hatte die Vereinigung festgestellt – schrieb der Herzog Ercole von Ferrara einen Brief an den Papst in Rom:

Heiligster Vater und ehrwürdigster Herr, Eurer Heiligkeit erlauchteste Tochter ist glücklich in Ferrara angekommen. Sie hat die Ehe mit meinem

Sohn vollzogen und sich im Sturm die Herzen der schwer zu erobernden
Ferrarer und Ferrarerinnen gewonnen: durch ihren Liebreiz, ihre Anmut,
ihre Tugend und ihre Klugheit. Seien Eure Heiligkeit versichert, daß
mein Sohn und ich sie als das Teuerste bewahren werden, was wir auf
Erden besitzen.

Als der Papst diesen Brief in Händen hielt, da leuchteten seine Augen
auf, um sich alsbald mit einem feuchten Schimmer zu überziehen.

Träne auf Träne tropfte plötzlich auf das Schreiben nieder.

Zum zweitenmal in seinem Leben weinte Rodrigo Borgia.

Mein Kind, schluchzte er, mein geliebtestes Kind! Du bist glücklich!
Ich bin glücklich, wenn du es bist! Mein Borgiaherz! Werde selig schon
auf Erden! Ich habe alles getan, dir diese Seligkeit vorzubereiten. Teppiche
habe ich vor deine Füße gelegt, damit du nicht auf Steinen zu wandeln
brauchtest. Ich habe dich vor Kälte und Hitze geschützt, du kühler, edler
Stein. O bionda, mia bionda, biondinella d'amor! –

Der Papst befreite Ferrara von der Kirchensteuer, was einem Erlaß
von zweihunderttausend Golddukaten entsprach, und versicherteden
Herzog von Ferrara seiner besonderen Gewogenheit.

Cesare empfing diesen Brief Alexanders:

Mein teurer Sohn, mit steter Aufmerksamkeit verfolge ich Deine Un-
ternehmungen. Mögen sie Dir in letzter Zeit nicht immer zum Guten
ausgegangen sein, so darfst du deswegen nicht den Kopf hängen lassen.
Versuche es einmal mit dem Kopf hängen lassen anderer. Es ist kein
Zweifel, wir müssen mit dieser verfluchten Familie der Orsini, die auch
die Hauptschuld an deinen neuerlichen Mißerfolgen trägt, Schluß machen.
Sie sind unsere Feinde seit Beginn der Welt und waren es schon zuvor
und werden es danach wieder sein. Wir werden ihnen noch im Himmel
oder in der Hölle wiederbegegnen. Der Condottiere Paolo Orsini hat
Dich samt seinem Neffen Fabio Orsini und Vitellozzo und Oliverotto
auf das schmählichste verraten. Du mußt versuchen, ihrer durch List
habhaft zu werden. Ich werde zu gleicher Zeit Carlo Orsini und den
Kardinal Giovanni Battista Orsini, die aus Furcht vor mir Rom verlassen
haben, in einem zärtlichen Brief bewegen, zurückzukehren. Haben wir
sie alle in der Hand, so schließen wir die Hand, und sie mögen insgesamt
ersticken und verrecken.

Bilsenkraut, Belladonna, Wasserschierling, Fingerhut und Hexenwurz
sind brauchbare Pflanzen und Arsenik, Bleisäure und Quecksilber erfor-

schenswerte Mineralien. Von einem Venenum atterminatum halte ich nichts.

Gottes Segen über Dich!

Dein Dich liebender alter Vater.

P.S. Lucrezia befindet sich wohl. Der Kardinal Giovanni Borgia kann seinen Amtspflichten nicht mehr nachkommen, malum gallicum habens. Ich habe ihn immer vor dieser neapolitanischen Sciantosa gewarnt.

Der Kardinal Giovanni Battista Orsini folgte der liebenswürdigen Einladung des Papstes. Er hatte um so bestimmtere Hoffnung, in völliger Gnade empfangen und wieder aufgenommen zu werden, als Paolo Orsini sich Cesare Borgia wieder zur Verfügung gestellt und für ihn Sinegaglia 242 mit stürmender Hand genommen hatte.

Er glaubte, Träger einer dem Papst höchst erwünschten Botschaft zu sein, als er im Vatikan auf einem weißen Maultier einritt. Er wurde, ohne vor den Papst gekommen zu sein, vom Maultier gerissen und von Bewaffneten in die Engelsburg geschleppt. Es war an dem gleichen Tag, an dem Cesare Borgia die Condottieri Paolo und Fabio Orsini, Vitellozzo und Oliverotto in die Falle lockte und auf der Stelle erwürgen ließ.

Kaum vernahm die Mutter des Kardinals Orsini von seiner Verhaftung, als sie vom Papst eine Audienz erbat.

Die Audienz wurde ihr verweigert. Aber aus purer Menschlichkeit gestattete ihr der Heilige Vater, ihren ungeratenen Sohn einmal täglich zu besuchen.

Er ließ hinzufügen: wenn sie wolle, könne sie ihm ja persönlich das Mittagessen bringen. Der Kardinal habe ein (unbegründetes) Mißtrauen gegen die vatikanische Küche geäußert. Sie sei für seinen verwöhnten Geschmack – den Geschmack der Orsini – wohl zu einfach und unge-würzt. Übrigens begreife er das: selbst sein Sohn Cesare und die jungen 243 Kardinale äßen ungern an der frugalen päpstlichen Tafel.

Jeden Mittag trug mit eigenen Händen Madonna Orsini, die vornehm-ste Dame der römischen Aristokratie, ihrem Sohn Giovanni das Essen ins Gefängnis. Sie reichte es ihm durch die Gitterstäbe, wo er auf einer Pritsche saß, in einem Breve las oder mit sich selber Schach spielte.

Giovanni, flehte sie, was ist deine Schuld? Der Kardinal sah ihr in die Augen:

Daß ich ein Orsini bin, Mutter.

Eines Tages nahm der Gefängniswächter Madonna Orsini die Schüssel schon am Tor ab und schüttete die Minestra in den Rinnstein:

Dein Sohn, Mütterchen, braucht nichts mehr zu fressen. Ist heute nacht an einer Verdauungsstörung sanft entschlafen. Der Papst selbst hat ihm gestern abend die heilige Hostie gereicht – aber sie ist ihm nicht gut bekommen.

Er wollte ihr die Schüssel zurückgeben. Sie fiel ihr aus den Händen auf die Fliesen und zerschellte klirrend.

Schreiend lief sie durch die mittäglich leeren Straßen.

Überall waren an den Fenstern Decken und Rolläden heruntergelassen.

Die Sonne brannte kaum erträglich.

Niemand sah, niemand hörte die alte, schwarzgekleidete Frau.

In der grellen Sonne taumelte sie im Zick-zack wie ein Schmetterling, ein Trauermantel.

XLIV

Auf die Nachricht vom Tod des Kardinals Giovanni Battista Orsini empörten sich in Rom und Umkreis alle Orsini gegen den Papst.

Giulio Orsini brach mit einem Heerhaufen von Ceri auf, Giovanni Giordano Orsini von Bracciano.

In Eilmärschen kehrte Cesare nach Rom zurück, dem Vater zu Hilfe.

Wieder gelang es ihm, die Orsini entscheidend zu schlagen und zu demütigen.

Der Sieg Cesares veranlaßte den französischen König Ludwig XII., 245 Cesare und sein Heer für eine Wiedererwerbung Neapels zu gewinnen.

Das für den Feldzug nötige Geld wurde vom Papst beschafft, indem er neue Kardinäle ernannte, deren jeder für den Kardinalshut 15.000 bis 20.000 Dukaten zu zahlen hatte.

Ferner luden sich der Papst und Cesare bei dem sagenhaft reichen Kardinal Adriano zu Gast. Es mußte ein Vergnügen sein, ihn zu beerben.

Der Papst, sonst den kulinarischen Genüssen wenig hold, interessierte sich lebhaft für das Menü.

Er ging selbst in die Küche des Kardinals. Er band sich eine Schürze um und man sah ihn sich mit der Zubereitung eines Fasans befassen. Der Fasan wurde gesäubert, der Papst löste vorsichtig die Haut von der Brust. Darauf hackte er ein Viertel Pfund Spickspeck, eine Trüffel, fünfzig Gramm Schweinefleisch zusammen und stopfte es zwischen Brust und Haut. Nun umwickelte er den ganzen Fasan mit Speck.

Der Kardinal hatte ein delikates Mahl vorbereiten lassen: frische 246 Spargel, Forellenschnitten in brauner Butter mit Krebspastetchen, Fasan auf Schnepfen-Croutons mit in Rahm angemachtem Salat, Ananas in Johannisbeermus und warmes Käsegebäck.

Der Papst, der aus Geiz bei sich im Vatikan eine kärgliche Küche führte, sprach den Speisen lebhaft zu.

Er und Cesare waren in glänzender Laune. Es ging vortrefflich mit den Borgia, immer vorwärts, immer weiter, manchmal nur wie bei einer Springprozession: zwei Schritt zurück, dann drei vor; Gott war mit ihnen, der Teufel und Fortuna, die Göttin des Glücks.

Der Papst überlegte gerade, ob er der heidnischen Göttin Fortuna nicht einen Tempel oder wenigstens Altar errichten und ob man nicht eine katholische Heilige aus ihr machen könne, als Cesare sich zum Trinkspruch erhob.

Er nahm von dem hinter ihm stehenden Mundschenk, mit dem er einen schnellen Blick des Einverständnisses wechselte, die Gläser, reichte eines dem Papst, eines dem Kardinal, eines sich selbst, schwenkte sein Glas und sprach, zum Kardinal gewandt: Auf die Gesundheit Eurer Eminenz!

Alle tranken die Gläser bis auf den Grund leer.

Kaum hatten sie getrunken, als der Papst und Cesare von heftigem Erbrechen befallen wurden.

Sie mußten schleunigst in den Vatikan gebracht werden.

Der Mundschenk, eine Kreatur Cesares, hatte die Becher vertauscht.

Diamante Jovelli, die junge Gerberstochter von Faenza, die Geliebte Astorre Manfredis, hatte ihn durch das Versprechen einer Liebesnacht dazu vermocht.

XLV

Alexander versuchte noch am nächsten Morgen eine Messe zu lesen. Der Kopf fiel ihm seitwärts an die Schulter eines Kardinals, der ihn stützte. –

In seinem Bett wand sich Alexander vor Schmerzen.

Er hatte ein brennendes Gefühl, das vom Kehlkopf über die Speiseröhre bis in den Magen ging.

Die Haut schuppte sich.

Pusteln traten hervor.

Er erbrach grün-gelbe Galle. –

Er ließ sich von seinem Leibarzt das Blut eines jungen Mannes einspritzen, der an Verblutung zugrunde ging.

Es half nichts.

Gift – dachte er – er hat mich vergiftet –

er selbst, Cesare, mein Kindchen, mein Söhnchen,

hat mich vergiftet –

oder – wer sonst?

Cesare soll zu mir kommen!

Der Diener brachte den Bescheid, der Herzog läge selbst schwer krank danieder.

Der Papst dachte:

er lügt, er simuliert.

Das Fieber breitete sich in rosa und dann in feuerroten Wolken über ihn aus.

Plötzlich trat im langen, schwarzen Rock und gesteifter weißer Krause, halb wie ein Arzt, halb wie ein Richter anzusehen, der Tod durch den roten Nebel ins Zimmer. 249

Der Papst fuhr aus den Kissen:

Quid mors seva petis?

Der Tod sprach:

Te.

Me – quis jure?

Quod hora en properat.

Heu mihi –

Quid luges?

Parum vixisse.

Lucrezia – Cesare – er hatte sie plötzlich vergessen.

Wo war Julia? Julia me miserum non defendis: amavi si te corde magis. Julia, ich habe dich von Pinturicchio als Madonna malen lassen – mich selbst in Anbetung davor versunken. So hilf mir doch jetzt, Madonna Julia!

Nemo potest te juvare.

Ergo mihi moriendum est?

Est.

Ich will dir beichten –

Laß, du brauchtest ein neues, zweites Leben zur Beichte. So viel Zeit habe ich nicht. Beichte dem Teufel. –

Ein Weib, schrie der Papst, als er aus langer Ohnmacht erwachte, ein Weib wird mich gesund machen! 250

Auf einem Weibe liegend traf im Spiegelzimmer den Papst der Herzschlag.

Die Spiegel warfen seinen letzten Lebensblick hundertfach in den Raum zurück.

Schreiend floh seine letzte Geliebte, eine junge Wäscherin, die ihm ihre Mutter zugeführt hatte.

Der mächtige Leib des gewaltigen Greises wollte nicht sterben.

Als schon die Seele ihn verlassen, schäumte der Mund noch wie ein Kessel überm Feuer, und der Bauch schwoll mächtig an.

Seine Füße auch zuckten, als ob sie sich noch einmal anschicken wollten, diese Erde zu betreten.

Solange man nicht sicher war, ob er nicht noch lebe und wieder aufstünde, wagte sich niemand im Guten oder Bösen an sein Lager.

Als aber die Ärzte seinen Tod unwiderruflich bestätigten, da gab es keinen Halt mehr.

XLVI

Das Volk von Rom jubelte und wie im Karneval tobten Masken durch die Straßen.

Mit Sturmeseile durchlief die Kunde vom Hinscheiden des »Antichrists« die heilige Stadt.

Die Leute rannten auf die Straße.

Fremdeste umarmten sich.

Mütter holten ihre Kinder in die Sonne:

Es ist wieder rein, das Licht, seitdem es das Ungeheuer nicht mehr bescheint.

In die Wohnungen der verschiedenen Borgia brachen Volkshaufen und plünderten sie.

Der Pöbel von Rom war ganz besoffen von Chianti und Freude über den Exitus des Papstes.

Sie veranstalteten einen fröhlichen Leichenzug.

Ein abgestochenes Schwein, das den Leichnam des Borgia symbolisierte, wurde in einem mit Papiergirlanden bekränzten offenen Sarg von zwei Juden und zwei Mauleseln dahergezogen.

Heulend, glucksend, quietschend, brüllend folgten die Trauergäste: Bettler, Maroniverkäufer, ausgediente Landsknechte, Huren, Ziegeleiarbeiter, Astrologen, Musikanten, Vagabunden, Rompilger.

Im Zuge schritten auch ein Aussätziger, der den Namen Cesare Borgia, eine schöne blonde Hure, die den Namen Lucrezia Borgia an der Stirn geschrieben trug.

Auch wurde in einem Handkarren eine Art Friedensgöttin mitgeführt: eine halbnackte Frauensperson, die eine Lilie in der Hand schwenkte und ihren ungewaschenen Fuß auf rostige Harnische, Hellebarden und Helme setzte.

Die Stadtpolizei drückte beide Augen zu und ließ den Pöbel rasen.

An Alexander Borgias Leiche zogen, von den Schweizer Hellebardieren nicht gehindert, Tausende vorbei: Kleriker, Bauern, Landsknechte, Arbeiter, Bürger, die ihren Haß unverhohlen kundtaten. Ja, wenn die Schweizer Gardisten nicht hinsahen, spie ihm der eine oder andere ins Gesicht, wo der Schleim ihm auf immer die Augen verklebte. Es war aber nicht eine einzige Frau, die an seiner Leiche vorbeiging. Die Frauen 253 hatten ihn geliebt und wollten sich das Andenken des schönen, wohlgeformten Mannes nicht durch den Anblick der verunstalteten Leiche schänden lassen. –

Julia Farnese vernahm von seinem Tod, als sie im Bad saß. Sie wurde ohnmächtig und wäre ertrunken, wenn nicht eine junge Mohrin, ihre Zofe, zufällig nach ihr gesehen hätte.

Sie ließ sich mit kölnischem Wasser besprengen und saß den ganzen Tag regungslos im Erker. Unten tobte das Volk vorbei und hin und wieder warf einer eine höhnische Kußhand zu ihr nach oben.

Der Teufel hat ihn geholt, schrie ein Schuhmacher vom Petersplatz. Er hatte einen Pakt mit ihm, der ihn auf den Papstthron gebracht hat: zwölf Jahre vier Tage dürfe er Papst sein – danach gehöre seine dreckige Seele ihm, dem Beelzebub, so galt der Vertrag. Gestern war seine Frist abgelaufen. Ein Rudel schwarzer Hunde heulte seit vorgestern in den Korridoren des Vatikans. Das waren der Oberteufel und zwölf Unterteufel.

An der Bahre Alexander Borgias ging auch der Dichter Ariost vorüber. 254 Jemand hatte einen Zettel daran befestigt. Ariost las:

Quis jacet hic?

Sextus.

Quis funera plangit?

Erynnis.

Quis comes in tanto funere obit?

Vitium.

Er blieb stehen und betrachtete lange den unförmigen Koloß, ihm sein Geheimnis zu entlocken.

Vergeblich, seufzte er, es ist vergeblich.

Vielleicht, sann er, wird er im Fegfeuer brennen. Aber das Feuer wird ihm nichts anhaben, denn es ist sein Element. Reue? Nein, Reue kannte er nicht. Er wird auch im Fegfeuer nicht bereuen, und wenn wir einst hinunter müssen, wird er noch brennen – und viele Tausend Geschlechter noch, bis ihn vielleicht eines Tages oder Nachts Gott der Herr erlöst und als Gestirn an den Himmel versetzt: dort mag er dann weiter brennen und sich, brennend, zum Dienst an Licht und Wärme läutern.

Aber das wird die einzige Reue sein, die wir von ihm erwarten dürfen.

Und er legte dem toten Borgia eine weiße Rose zwischen die wulstig aufgegangenen Lippen.

Die weiße Rose, die Lucrezia ihm aufgetragen hatte.

Kein Priester segnete die Bestattung ein.

Keine Litanei wurde gesungen.

Die Totengräber hatten Mühe, die geschwollene Leiche Alexander Borgias in den Sarg zu schaffen. Sie stopften die Fleischmasse hinein mit groben Fäusten wie Gansfüllung in eine ausgenommene Gans.

XLVII

Es zeigte sich, dass auch Cesares Reich nur von der Autorität des päpstlichen Vaters zusammengehalten worden war.

Stück für Stück brach aus Cesares Krone.

Die von Cesare vertriebenen Fürsten kehrten, von der Bevölkerung jubelnd begrüßt, in ihre Hauptstädte zurück: Sforza nach Pesaro, Guidobaldo nach Urbino, Varano nach Camerino – und so fort.

Cesare lag noch immer schwerkrank zuBett, in allen seinen Entschlüssen und Taten gelähmt und gehemmt. Macchiavelli stattete ihm einen Krankenbesuch ab.

Ich habe an alles gedacht, seufzte Cesare, aber daß ich in dem Moment, wo mein Vater stirbt, schwer krank daniederliegen würde – daran habe ich nicht gedacht. Ich bin ohnmächtig, ich bin ganz hilflos. –

Nur die Romagna hielt noch zu ihm.

In Ferrara zitterte Lucrezia um Cesare.

Ihre Stellung war durch ihre Schönheit, Klugheit und Vorsicht unantastbar. Sie erreichte, daß der Herzog Cesare Truppen sandte, um ihm die Romagna zu erhalten. –

Piccolomini wurde als Pius III. zum Papst gewählt.

Cesare frohlockte. Der Piccolomini war ihm gewogen. Cesare hatte einige Kardinäle zu seinen Gunsten bestochen.

Schon nach drei Wochen starb Pius III. Cesare brach zusammen.

Es ging zu Ende mit den Borgia. Sie hatten kein Glück mehr. Fortuna, die ihnen fünfzig Jahre zugelächelt hatte, wandte ihr Antlitz von ihnen.

Woher sie gekommen waren: aus dem Dunkel, aus dem Nichts, dahin
kehrten sie wieder zurück, in das Nichts, in das Dunkel.

Cesare ritt durch die Stadt, sich sein Grab selbst auszusuchen. Er fieberte noch immer. Aber er nahm die Fiebermittel nicht, die ihm sein Leibarzt verschrieb. Er goß sie unters Bett.

Wen würden sie zum Papst wählen?

Er verfluchte sich, daß er seinerzeit den Kardinalspurpur so leichten Herzens abgelegt hatte.

Heute hätte er ihn brauchen können.

Vielleicht war der Rovere noch der brauchbarste Papst für die Borgia?

Er verschaffte ihm die Stimmen der spanischen Kardinäle.

Der Rovere setzte sich als Julius II. die Tiara aufs Haupt.

Julius II. sprach:

Ich will nicht in den Räumen wohnen, wo der Borgia wohnte, der das heilige Ansehen der Kirche geschändet hat wie nie einer zuvor. Er hatte den päpstlichen Thron nicht rechtmäßig inne, sondern usurpierte ihn mit Hilfe des Teufels. Und ich verbiete bei Strafe, den Namen Borgia in Rom künftig verlauten zu lassen. Sein Name sei durchstrichen, ausgelöscht und vergessen. Alle Bilder der Borgia sollen mit schwarzen Tüchern verhängt werden. Alle Grabsteine der Borgia sollen umgedreht werden, die Inschriften herausgemeißelt.

Julius II. forderte von Cesare Borgia die Übergabe der befestigten Plätze in der Romagna. Cesare sah ein, daß Widerstand nutzlos war. Er floh. In Ostia bestieg er ein Segelboot.

Als er in Neapel landete, wurde er verhaftet und ins Kastell von Ischia geworfen.

Er brach aus und gelangte nach Spanien.

Zerlumpt, wie ein Matrose, betrat er die spanische Erde, die Erde, die ihn und alle Borgia hervorgebracht.

Julius II. hatte seine Besitztümer konfiszieren lassen.

In einer Spelunke Sevillas, wo er mit allerlei zweifelhaften Subjekten verbotenem Spiel oblag, wurde er wiederum verhaftet und ins Kastell Medina del Campo geschafft. Er rief den König von Frankreich um Hilfe an.

Es kam keine Antwort.

Er schrieb an Lucrezia.

Der Brief wurde unterschlagen.

Er wußte nicht, daß sie inzwischen Herzogin von Ferrara geworden war.

Ercole war gestorben, Alfonso hatte den Thron bestiegen.

Es gelang Cesare nochmals, zu entfliehen. –

Er trug einen tödlichen Haß gegen Julius II. im Herzen.

Haß ist gut, dachte er. Aber er darf nicht gefühlvoll basiert sein. Es muß ein systematischer Haß sein, ein nüchtern mathematischer. Ich hasse Julius zu heiß.

Die Flucht wurde nach Italien berichtet und setzte den Papst in Schrecken:

Ein furchtbarer Mann, dieser Cesare Borgia. Wir haben uns des kühnsten Wagemutes von ihm zu versehen. Sein Name allein genügt, Heere aufzustellen.

Es geht noch immer eine mystische Kraft von ihm aus. –

Er beschloß, ihm Halt zu bieten.

Bei Pamplona, hinterhältig angegriffen, sank Cesare, einunddreißig Jahre alt, unter den Dolchen von Meuchelmördern. Sieben hatten ihn überfallen.

Sechs verwundete er noch tödlich, ehe der siebente ihm den Todesstoß versetzte.

Dieser siebente war ein Mohr. Voll Hochachtung betrachtete er den toten Feind.

Tapferer Mann, tapferer Mann. Aber gut, daß er tot und ich noch lebe.

Tausend Dukaten winkten ihm und die Heimkehr nach Afrika zu seiner schwarzen Gattin.

Voller Sehnsucht leckte er sich die dicken Lippen, als er das blutige Messer am Kleid des Borgia abwischte.

XLVIII

Lucrezia empfing die Nachricht vom Tode ihres Bruders, die man versucht hatte, ihr zu verheimlichen, als sie in den Wehen lag.

Sie schrie einmal zum Himmel auf, um dann nie mehr eine Klage von sich zu geben.

Sie genas eines toten Sohnes.

Das Leben der Borgia ist zu Ende, sann sie. Der Faden ist ihnen für immer abgeschnitten.

Auch ich bin dieses Lebens müde und satt.

Im Kindbettfieber verflackernd, schrieb sie noch einen letzten Brief an den Papst in Rom:

Heiligster Vater und innigst zu verehrender Herr,

die Seele einer Sterbenden neigt sich vor Euch und küßt Euch in aller schuldigen Ehrfurcht die heiligen Füße. Diese Sterbende ist eine Sünderin und eine Borgia – und also eine Sünderin doppelt und vielfach. Alle Sünden und Laster dieser Welt sind in meinen armseligen, bejammernswerten Leib eingegangen – jetzt, da ich schier verblutet bin an meiner Entbindung, sind sie mit meinem Blut wohl alle wieder hinausgeflossen. O habt Erbarmen und bittet Gott um Gnade für mich und alle Borgia. Sie waren ausgestattet mit den höchsten Gaben des Geistes und Körpers. Sie waren bestimmt, die Welt zu leiten. Aber sie selbst haben sich von Teufeln und Dämonen leiten lassen. Ihre Seelen waren nicht klein auf das Kleinliche gerichtet. Die Geschichte wird ihrer gedenken, in Verwunderung und Abscheu, aber nicht ohne Erkenntnis ihres Schicksals und ihrer Talente. O erteilt mir die Heilige Benediktion, Heiligster Vater – ich bin Euer getreues und demütiges Kind, vom Baume Borgias der letzte und unscheinbarste Sproß, zum Welken und Verdorren bestimmt.

Geschrieben in Ferrara, in der vorletzten Stunde meines Menschenlebens.

Euer Heiligkeit

niedrigste Magd

Lucrezia Borgia.

Dämmerung im Zimmer.

Lucrezia träumt das Märchen vom verdorrten Mandelbaum, der unter dem Blick eines reinen Menschen wieder zu blühen beginnt.

Sie blüht auf.

Sie gewinnt eine neue Jungfräulichkeit und Keuschheit des Wesens.

Wer sie sieht, ist betroffen von so viel lieblicher Anmut und seelischer Demut.

Sie entzündet die Dichter, die ihr Verse voll Leidenschaft und Verehrung widmen. Ariost, Giraldi, Antonio Tebaldeo, Marcello Filosseno vergleichen sie mit Minerva, Helena und Venus.

Sie wird zum Vorbild einer treuen, tugendsamen Gattin.

Michel Angelo erhebt sie auf einen Sockel und meißelt sie als Pietà.

Alle Lüste und Laster sind längst von ihr abgeglitten. Wie Anadyomene steigt sie neugeboren aus dem Meer des Lebens.

Sie hat alle Briefe des Vaters und des Bruders verbrannt – sogar ihre früheren kostbaren Kleider.

Sie trägt eine einfache graue Kutte.

Sie lebt nach rückwärts.

Sie erinnert sich plötzlich:

Damals, als Alexander –

Damals, als Cesare –

Damals, als Alfonso –

Aus den Gräbern steigen die Borgia.

Viele tragen einen Dolch in der Brust,

manche haben den Kopf unterm Arm.

Sie tanzt ihnen zu Ehren einen spanischen Tanz.

Ein Mönch schlägt dazu das Tamburin des Mondes.

Die toten Borgia sehen ihr zu.

Sie tanzt, bis sie ohnmächtig hinfällt.

Als sie aufwachte, war es im Zimmer dunkel geworden.

Das Dunkel spie Gespenster aus.

Gespenster in ihr –

Gespenster außer ihr –

Eine schwefelgelbe Flamme schlug vom Himmel in ihr Herz.

Ein kleiner buckliger Mann tänzelte plötzlich vor ihr, und es war ihr widerlich, ihn nicht gehen, sondern affektiert und aufdringlich mit einem übertriebenen Steiß wackeln und tänzeln zu sehen.

Plötzlich verschwand er in der Mauer, als ob dort eine Tür wäre.

Aber es war keine Tür da.

Nur ein kleines Loch, in dem eine Kröte saß und Lucrezia mit goldbraunen Augen anglotzte.

Die Sonne war längst untergegangen, behangen mit einem violetten Wolkenmantel.

Nun stiegen die Sterne an.

Es wurde licht,

immer lichter.

Ein Brausen ist um sie und Sausen von Licht. Ein Strom von Glanz.

Sie lächelt.

Da erfriert ihr Lächeln,

es wird zum Entsetzen.

Der Glanz beginnt zu brennen. Jede Pore
ihres Leibes brennt.
Es wird heiß, immer heißer,
sie ist im Fegefeuer.

Auf ihrem Grabstein fand man diese Inschrift, die drei Tage zu lesen
war, bis sie der Regen verwusch:

Hier ruht Lucrezia – dem Namen nach.
Sie häufte Greuel auf Greuel und Schmach auf Schmach.
Sie war des eigenen Vaters Frau und Schnur,
Des Gatten Mörderin, des Bruders Hur.

268

Epilog

Luis war der Vater von Rodrigo
Rodrigo war der Vater von Pedro
Pedro war der Vater von Alfonso
Alfonso war der Vater von Juan.

Juan Borgia war Oberjägermeister und Oberstallmeister am Hofe Karls V.

Er liebte Isabella, die Königin von Spanien, und als sie starb, geleitete er ihren Sarg bis Granada zur Beisetzung in der königlichen Gruft.

Nach alter Sitte wurde der Sarg noch einmal geöffnet, und Juan Borgia trat heran, zu beschwören, daß die Leiche, die da liege, die der schönen und edlen Königin Isabella sei.

Er hob die Hand – aber die Hand blieb ihm reglos in der Luft hängen.

Dies schon in Verwesung bis zur Unkenntlichkeit übergegangene Stück Fleisch sollte Isabella sein, die schöne Isabella, das Wunder von Frau?

Er weigerte sich, den Schwur zu schwören, und seine geballte Faust schien Gott zu fluchen.

Er stürzte hinweg und kam zum Schlosse Tordecillas.

Er traf eine irre Greisin, die greulich vor ihm die Tarantella tanzte.

Es war Johanna, die Mutter Karls V.

Er flieht und begegnet in Jarandilla Karl V., der voller Ekel seinem Thron entsagt hat.

Da geht Juan Borgia zu den Jesuiten und wird im Jahre 1565 ihr General.

Um den Fluch und die Schande vom Namen Borgia zu nehmen, wird er von der Kurie nach seinem Tode als Bester der Borgia heiliggesprochen.

San Francesco Borgia!

Armer Heiliger – wer ruft zu dir in seiner Not, wer weiht dir Wachsherzen und Kerzen? Wer trägt dein Medaillon auf der Brust?

Niemand ruft nach dir.

Niemand betet zu dir.

Einsam stehst du, abseits von allen andern Heiligen, am Thron Gottes.

Eine Träne blinkt in deinen seraphischen Augen, wenn du die Gesänge zu Ehren der andern Heiligen brausen und klingen hörst. Poveretto 270 Borgia!

Du trägst einen schwarzen Namen, den selbst Gottes Huld nicht blank zu putzen vermochte.

Du Borgia!

Das war eine Zeitlang ein Schimpfname wie Lump und Schinder, und selbst ein Mörder ließ sich nicht ungestraft Borgia rufen.

Eines Tages trat San Francesco Borgia zu Gott und bat:

Nimm den Heiligenschein, den deine heilige Kirche mir aufgesetzt, von mir. Es ist niemand, der ihn mir glaubt. Die Menschen nicht und nicht deine Engel. Laß mich zu den Teufeln gehn in die Hölle, dort, wo die Borgia hingehören. –

Und Gott sah den heiligen Ernst im Antlitz des Heiligen und seufzte tief auf und sprach: Geh – geh zu den Deinen.

Und der Borgia verneigte sich, zog aus die Uniform des Jesuitengenerals und ging langsam die neunhundertneunundneunzig Stufen hinab zur Hölle.

Und er klopfte an das Höllentor. Luzifer in Person öffnete. 271

Wer bist du?

Ein Borgia!

Das Gesicht des Teufels hellte sich auf:

Ah, sehr gut. Neunundneunzig Borgia sind schon drin. Du bist der hundertste. Sei mir willkommen! Zahle das Eintrittsgeld und du darfst eintreten!

Der Borgia verwunderte sich:

Das Eintrittsgeld? Wieviel?

Weil du es bist: tausend Dukaten!

Der Borgia:

Ich habe keine tausend Dukaten.

Der Teufel:

Nun, sagen wir: fünfhundert!

Der Borgia:

Ich habe auch nicht fünfhundert.

Der Teufel:

Ja, bei Gott, was hast du denn?

Der Borgia:

Keinen Pfennig. –

Der Teufel fuhr empört auf;

Was, du, ein Borgia, willst kein Geld haben? Du lügst. Du bist nur ein schmutziger Geizhals oder hast dein Vermögen im Himmel angelegt, weil Gott der Herr dir mehr Zinsen versprochen hat. Mit Hunderttausenden von Dukaten sind deine erlauchten Anverwandten hier eingetroffen. Als Alexander Borgia kam, haben meine Bediententeufel acht Tage lang Kisten mit Gold geschleppt. Scher dich zum Himmel, wenn du den höllischen Zoll nicht zahlen kannst oder willst. Und schlug ihm das Höllentor vor der Nase zu.

Zwischen Himmel und Hölle, nirgends
beheimatet, irrt ruhelos umher
der letzte Borgia.

Biographie

1890   *4. November:* Klabund (eigentlich Alfred Henschke) wird in Crossen an der Oder als Sohn eines Apothekers geboren.

1906   Klabund besucht das Friedrichs-Gymnasium in Frankfurt an der Oder. Zu seinen Mitschülern gehört Gottfried Benn.

Er erkrankt an Tuberkulose, die nie richtig ausheilt. Zeitlebens sind häufige Kuraufenthalte in der Schweiz und in Italien erforderlich.

1911   Abitur.

Klabund studiert zunächst Chemie und Pharmazie, dann Philosophie, Philologie und Literatur in München, Berlin und Lausanne (bis 1912). In keinem der Fächer macht er einen Abschluss.

1913   Erste Gedichte erscheinen in Alfred Kerrs Zeitschrift »Pan«. Autor und Herausgeber müssen sich danach wegen Veröffentlichung »unsittlicher« Verse vor Gericht verantworten, erlangen jedoch mit Hilfe der Gutachten von Frank Wedekind und Richard Dehmel einen Freispruch.

Die Herkunft des Pseudonyms Klabund, unter dem er veröffentlicht, ist nicht eindeutig geklärt. Ein Apotheker-Kollege des Vaters trägt den Namen, andere Deutungen berufen sich auf die Bildung aus »Vagabund« und »Klabautermann«.

»Morgenrot! Klabund! Die Tage dämmern!« (Gedichte).

1914   Anfängliche Begeisterung für den Krieg.

»Klabunds Karussell« (Novellen).

1915   »Der Marketenderwagen« (Erzählungen und Gedichte).

»Dumpfe Trommel und berauschtes Gong. Nachdichtungen chinesischer Kriegslyrik«.

1916   Wegen seiner Krankheit hält sich Klabund in Davos auf (bis 1918).

»Moreau. Roman eines Soldaten«.

»Die Himmelsleiter. Neue Gedichte«.

1917   Angesichts des Kriegsgeschehens wandelt sich Klabund zum Pazifisten.

3. Juni: Er fordert Kaiser Wilhelm II. in einem Brief, der in der »Neuen Zürcher Zeitung« abgedruckt wird, zur Abdankung auf, um den Völkerfrieden zu ermöglichen.

»Mohammed. Der Roman eines Propheten«.

Nachdichtungen persischer Lyrik.

1918 Klabund bekennt sich in René Schickeles Zeitschrift »Weiße Blätter« zu seiner Wandlung zum Pazifismus.

»Bracke« (Eulenspiegelroman)

»Der himmlische Vagant. Ein lyrisches Porträt des François Villon« (Gedichte).

Eheschließung mit Brunhilde Heberle, die noch im gleichen Jahr nach der Geburt einer Tochter an einer Lungenkrankheit stirbt. Sie ist die »Irene« zahlreicher Gedichte Klabunds.

»Die Geisha O-sen« (Nachdichtungen japanischer Lyrik nach englischen und französischen Übersetzungen).

1919 Klabund wird wegen angeblicher Verbindung zum Münchener Spartakus und wegen »Vaterlandsverrat« und »Majestätsbeleidigung« verhaftet und kurze Zeit im Zuchthaus Straubing in »Schutzhaft« festgehalten.

»Hört! Hört!« (Gedicht-Flugschrift).

»Montezuma. Eine Ballade«.

1920 »Die Sonette auf Irene« (Gedichte).

Klabund verfasst Lieder und Chansons für Max Reinhardts Kabarett »Schall und Rauch«, die er teilweise auch selbst vorträgt (bis 1921).

1921 »Kleines Klabund-Buch« (Novellen und Gedichte).

Klabund wird Mitarbeiter der von Siegfried Jacobsohn geleiteten Zeitschrift »Weltbühne«.

1922 »Kunterbuntergang des Abendlandes« (Grotesken).

»Deutsche Literaturgeschichte in einer Stunde« (Abhandlung).

1923 »Pjotr. Roman eines Zaren«.

»Das heiße Herz« (Balladen, Mythen, Gedichte).

»Geschichte der Weltliteratur in einer Stunde« (Abhandlung).

1925 Zweite Eheschließung mit der Schauspielerin Carola Neher.

»Der Kreidekreis« wird zu einem der meistaufgeführten Dramen der Weimarer Republik. Klabunds Bearbeitung der chinesischen Fabel dient Bertolt Brecht zum Vorbild für seinen »Kaukasischen Kreidekreis« (1945).

1927 »Die Harfenjule. Neue Zeit-, Streit- und Leidgedichte« versammelt Klabunds Lieder und Chansons für Reinhardts Kabarett »Schall und Rauch« und für Rosa Valettis »Café Größenwahn«.

1928   »XYZ« (Komödie).

14. August: Klabund stirbt im Alter von 38 Jahren in Davos (Schweiz) an seiner unheilbaren Lungenkrankheit.